Dranmor

Poetische Fragmente

Dranmor

Poetische Fragmente

ISBN/EAN: 9783743339316

Hergestellt in Europa, USA, Kanada, Australien, Japan

Cover: Foto ©Andreas Hilbeck / pixelio.de

Manufactured and distributed by brebook publishing software
(www.brebook.com)

Dranmor

Poetische Fragmente

Poetische Fragmente.

Poetische Fragmente

von

Dranmor.

Qui t'a fait ce que tu es, Everard? —
C'est cette fantaisie de rêver le soir. —
Qui t'a donné le courage de vivre jus-
qu'ici dans le travail et dans la dou-
leur? — C'est l'enthousiasme.

Lettres d'un voyageur.

Zweite Auflage.

Leipzig:

F. A. Brockhaus.

—

1865.

Vorwort.

Der Verfasser nachstehender Dichtungen gehört nicht zu den Leuten, die für Lob oder Tadel sehr empfindlich sind und Menschen oder Dinge durch das Prisma persönlicher Eitelkeit betrachten. Das Schicksal hat ihn zu guter Stunde hinausgeworfen in des Lebens Wirrwarr. Er hat kämpfen und dulden gelernt und Apollo's Haine nur selten betreten dürfen. Aus diesem Geständnisse erklärt sich seine monotone und fragmentarische Lyrik, welche, unter verschiedenen Himmelsstrichen, bisweilen im Geräusche der Civilisation, öfters unter dem erschlaffenden Einflusse der Tropensonne oder auf den Wellen des Weltmeeres entstanden, das Gepräge mannichfacher Stimmungen, theilweise sogar unverkennbare Spuren der Erschöpfung an sich trägt. Einzelne dieser Versuche,

namentlich die Bruchstücke aus „Der gefallene
Engel", verkörpern jene stürmischen Gefühle jugend=
licher Perioden, über welche der Weise lächelt, und
denen es wie an männlicher Reife so auch an
plastischer Gestaltungskraft fehlt. Politischer Poesie
abhold, glaubt sich der Verfasser auch bei denjeni=
gen entschuldigen zu müssen, welche bei Lesung des
Gedichts „Eine Nachtwache" die Ausführung eines
nahe liegenden Themas vermissen möchten. Im Jahre
1858 niedergeschrieben, ließe sich dieser Traum, nach
den folgeschweren Ereignissen, die seitdem die Welt=
bühne erschütterten, mit wenigen Federstrichen der
jetzigen Situation anpassen; dennoch hat es der
Verfasser vorgezogen, nichts daran zu ändern. Die
Erzählung „Januario Garcia" beruht auf einer wah=
ren Begebenheit, deren Held noch in dem Munde
der Bewohner der brasilianischen Provinz Sanct=Paulo
lebt. Die „Idylle" ist eine sehr freie Nachbildung
eines französischen Stoffs mit Anklängen an Freilig=
rath's bekannte deutsche Bearbeitung.

Je später der Dichter die Kinder seiner Muße
in die Welt treten läßt, desto schwieriger wird die
Auswahl. Er wird mit der Zeit selbst ein anderer,
steht seiner Schöpfung fremd gegenüber und beur=
theilt dieselbe strenger. Auch dem Verfasser dieser
Blätter ist es so gegangen; und wenn er sie dennoch

auf den literarischen Markt sendet, so geschieht es
wahrlich nicht, um nach einem Lorberzweige zu haschen,
sondern einzig und allein, um von seinem höchst
isolirten Standpunkte aus mit der deutschen Geistes-
welt in Berührung zu gelangen. Möge darum die
heimatliche Kritik dieser transatlantischen Taube
wenigstens ihren Oelzweig nicht versagen.

Inhalt.

I.

Trelawney.

Ein Kind, des Geistes Schwingen kaum entfaltend,
Las ich von Thaten, kühnen, wunderbaren,
Von Abenteuern, märchenhaft gestaltend
Das Leben eines Dichters und Korsaren.

Dein Buch, Trelawney, war's, das thränennasse,
Wie du's aus Indiens Meeren heimgetragen,
Um es in tiefem und gerechtem Hasse
Eitlen Pygmäen ins Gesicht zu schlagen.

Kamst du auch wieder mit gesenkter Lanze,
Sie standen da, bezwungen und geblendet
Von deiner Kriegstrophäen Zauberglanze,
Die sich von dir, dem Jüngling, abgewendet.

Dranmor.   1

Und wußten nicht, wie tapfer du gestritten
Als Gegner niemals rastender Gedanken,
Und daß du tausendfachen Tod erlitten
In deiner eignen Brust, der liebeskranken.

Ein junger Greis, von deiner Väter Scholle,
An Hoffnung arm, reich an Erinnerungen,
Grifffst du hinein ins Herz, das übervolle,
Und hast der Freiheit Hohelied gesungen.

Gewalt'ger Mann! Mein Held und mein Erretter!
Was du geliebt, verloren und gefeiert,
Das drang zu mir heran wie Frühlingswetter,
Wie Sonnenschein, von Pulverdampf umschleiert.

O Kriegsfanfaren! Ruf aus fernen Zonen!
O kühnes Träumen, knabenhaftes Sinnen!
War ich bestimmt, im Donner der Kanonen
Wie du, Trelawney, Lorbern zu gewinnen?

Nein! Doch in meiner Jugend Phantasien,
Aus Wunden blutend, die ich heiß erflehte,
Lag ich vor jenem Banner auf den Knien,
Das einst von sturmgepeitschten Masten wehte.

Wohl! Was ich suchte, Stürme, Abenteuer,
Das hat das Schicksal reichlich mir gespendet.
Nun steh' ich müde am zerbrochnen Steuer,
Und noch ist meine Reise nicht vollendet.

Doch sieh! Mein Schwert blieb müßig in der Scheide,
Kein Feind bedrohte mich mit blanken Waffen,
Ich kämpfte nur mit meinem innern Leide
Und mit Phantomen, die ich selbst erschaffen.

So ward ich überholt von kühnern Schiffern,
Sie fuhren rasch vorbei zum sichern Ziele,
Wenn ich im Traume rang mit goldnen Ziffern,
Verstrickt in meines Herzens Trauerspiele.

Ach, bald verzagt auf sinkender Galeern
Und bald berauscht von himmlischen Accorden,
So trieb ich hin und her auf hohem Meere
Und bin kein Dichter, kein Korsar geworden.

Was liegt daran? Ich muß wie tausend Andre
Mein Brot erringen in des Sommers Schwüle,
Nur daß ich rastlos strebe, rastlos wandre,
Nur daß ich alle Schmerzen doppelt fühle.

Nur daß der Heros meiner jungen Tage
Der Bahn des Pilgers keinen Grenzstein setzte,
Wenn auch der Panzer, den ich willig trage,
Mir oft die Brust mit blut'gem Schweiße netzte.

Rauh ist der Lebenspfad, den ich betreten;
Als freier Mann ein Sklave heil'ger Pflichten,
Kann ich die wilde Sehnsucht des Poeten
In Schranken halten, aber nie vernichten.

Ein Buch, Trelawney, fiel aus deinen Händen,
Ich les' es noch mit Stolz und mit Entzücken;
Ich bin nicht du — doch wenn wir je uns fänden,
Du würdest mir bewegt die Hände drücken.

(1856.)

II.

Die Fischerhütte.

Ich grüße dich, verlaßnes Fischerhaus!
Wie oft von deiner meerbespülten Schwelle
Blick' ich verlangend in die Nacht hinaus,
Die tropenwarme, sternenhelle!
Nun ist es wieder, wie es damals war,
Noch funkeln goldne Thränen dort im Sande,
Ein ew'ger Sommer waltet noch im Lande
Und nur mein Herz ist aller Freude bar.
Doch damals — ob ich wachte oder schlief,
Nie war ich so verwaist, so ganz allein;
Denn ferne Liebe stillte meine Pein
Und jeden Monat kam ein Brief — ein Brief.

Wol hundertmal, beim Rauschen der See,
Las ich und las, um jedes Wort zu deuten,
Ich theilte Freude und Weh
Mit den armen Fischersleuten,
Ich ging umher auf dem sandigen Plan,
Bis der Gestirne Glanz erblich,
Und der gewaltige Ocean
Weinte um sie und um mich.

Doch nun, ihr leuchtenden Dünen,
Was soll der Wellen Gesang?
Nordische Brandung verschlang
Den Myrtenzweig mir, den grünen.
Sie lebt — nur ihr Herz ist umnachtet;
Ich lebe — arm und verachtet,
Ewig dahin ist die Jugendlust.
Wo find' ich Trost? Ich kenne keinen, keinen
Hier oder dort — auch nicht an Freundesbrust
Möcht' ich über mein Elend weinen;
Kenne mich selbst nicht mehr,
Vergessen bin ich, veraltet,
Und Lava, halb erkaltet,
Roll' ich im Busen hin und her,
Nach einsam verträumter Jugendzeit,
Wie ein Vulkan, der nicht mehr Feuer speit.

O meine süße Dame!
Was bist du mir? Ein stets geliebter Name.
Was bin ich dir? Ein Vorwurf. Doch gesetzt,
Wir würden noch Papier und Feder brauchen,
Um schmerzliche Gefühle auszuhauchen,
Wie anders — anders schrieben wir uns jetzt!

III.

Ein Blatt aus der Jugendzeit.

—

Ich möchte schlafen gehn,
Dort wo die Hügel wallen,
Und wo die Tannen stehn,
Dort möcht' ich niederfallen
Und ohne Herzensqual
Zum letzten mal
Die blauen Wolken sehn
Und ewig schlafen gehn.

O langersehnte Lust,
Die Menschen zu vergessen
Und diese heiße Brust
In feuchten Thau zu pressen!
Kein Laut im weiten Raum —
Ein letzter Traum —
Und alles ist geschehn,
So möcht' ich schlafen gehn.

Ich habe lang' gewacht,
Von süßer Hoffnung trunken
Nun ist in Todesnacht
Der Liebe Stern versunken;
Fahr' wohl, o Himmelslicht!
Ich klage nicht —
Doch wo die Tannen stehn,
Da möcht' ich schlafen gehn.

(1841.)

IV.

Spleen.

Die Welt ist groß — ich weiß es zur Genüge,
Ich habe sie durchschritten und durchschwommen;
Die Welt ist klein — ich bin zurückgekommen,
Und lache meiner Argonautenzüge.
Vergebens griff ich nach dem Goldnen Vließ,
Mir hat bis jetzt kein Lorber grünen wollen,
Und kindisch schien es mir zu grollen,
Als auch die Liebe mich verließ.
Langweilig aber fand ich's überall
Trotz heitrer Frauen, schäumender Pokale,
Und fragen darf ich ohne Wörterschwall:
Wo waren meines Herzens Ideale?
Mir ging es, wie es stets zu gehen pflegt,
Wenn Edles, Wahres sich in mir geregt,
Dann haben meine werthen Zeitgenossen
Mir gleich aufs Herz geschossen;
Stets ward, was Ehrenhaftes mir passirt,
Von meinen Gönnern vornehm ignorirt,
Und wenn mich Ehrgeiz, Thatendurst gepeinigt,
Dann haben gute Freunde mich gesteinigt.

O große Welt voll kleiner Leidenschaften,
O kleine Welt voll großer Eitelkeit,
Mit welchem Aerger sah ich weit und breit
Den gleichen Staub an unsern Sohlen haften!
Den Neid, den Wankelmuth, die Heuchelei,
Den Eigendünkel, der auf nichts begründet,
Bei jedem Druck phosphorisch sich entzündet,
Den Götzendienst, die Kriecherei.
Das Schicksal gab mir stete Fingerzeige:
Die Menschheit ist nicht schlecht — nur schwach und
                                  feige; —
Es brüstet sich und stößt vergnügt ins Horn
Wer sich gesichert glaubt auf grünem Zweige,
Und doch — zur Trauer ward zuletzt mein Zorn;
Denn leider bin auch ich vom gleichen Teige,
Weiß selbst nicht, was ich möchte oder kann;
Verfehlter Zweck, verkümmerter Genuß,
Das war der Anfang; Schwäche, Ueberdruß
Wird wol das Ende sein, — doch wann?
Noch war ich niemals recht in meinem Gleise,
Ein jeder denkt und fühlt nach seiner Weise,
Und manchem, dem gleich mir die Arme sanken,
Hat Selbstbedauern alle Schuld verziehn;
Ich möchte meinen Gedanken,
Nüchternen, bösen Gedanken
Ewig, ewig entfliehn.

———

V.

Strophen.

(Nach Byron.)

———

O mein einsam — einsam — einsam Kissen,
Wo bleibt mein Herzensfreund, der süße, traute?
Ist es sein Schiff, das ich im Traum erschaute,
Weit, weit von hier, von Stürmen fortgerissen?

O mein einsam — einsam — einsam Kissen,
Die Stelle küss' ich, die sein Haupt umfangen;
Wie sind die Nächte langsam hingegangen,
Seit er mich ließ in diesen Kümmernissen!

O mein einsam, mein betrübtes Kissen,
Laß süß mich träumen, laß mein Herz nicht brechen;
Mein Liebster kommt — ich habe sein Versprechen,
Noch ist der Tod zu früh — du mußt es wissen.

Und hab' ich ihn — nicht mehr mein einsam Kissen,
In meine Arme will ich heiß ihn pressen;
O dann sei aller Kummer rasch vergessen,
Dann sei sein liebend Herz mein Sterbekissen.

———

VI.

An Helena.

(Bei Zueignung eines größern Gedichts.)

— —

Es steht ein Pilgersmann am öden Strande,
Und blickt sehnsüchtig übers weite Meer;
Träumt auch sein Herz vom fernen Vaterlande,
Sein Herz ist hoffnungsleer.
Er hat geliebt — wie konnt' es anders sein?
Er hat geglaubt — will einer ihn verdammen?
Er hat verzagt — der Himmel stand in Flammen;
Er ist entflohn — er lebt und stirbt allein.

Helena! Wie die Wolken dort zerfließen,
So starb der Hoffnung letzter Wahn dahin;
Willst du mich noch in deine Arme schließen,
Gealtert wie ich bin?
O, für die Qual, die ich geduldig trug,
Soll ich dir jetzt ein blödes Lächeln zeigen?
Ein einz'ges Wort nach jahrelangem Schweigen,
Ein einz'ger Gruß — es ist genug, genug.

Ich frage nicht, ob du mir treu geblieben,
Ich kann wol zweifeln, doch ich zürne nicht
Denn bist du elend, werd' ich ewig lieben
Dein trauernd Angesicht;
Und bist du glücklich — darf ich freudig nur
In diese Wälder mein Geheimniß bannen.
Du aber schlafe unter grünen Tannen,
Huldvoll verzeihend den gebrochnen Schwur.

Tochter der Sterne! Holde, todtenbleiche,
Vergönne mir ein einz'ges, letztes Wort:
Für unser kurzes Glück, das schmerzenreiche,
Gedenke meiner dort!
Wer weiß, ob wir uns jemals wiedersehn?
Ich will mich nicht an Engelsthränen laben,
In diesen Blättern ist mein Herz begraben;
Helena! Du allein wirst mich verstehn.

VII.

Der gefallene Engel.

(Bruchstücke aus einem Jugendepos.)

———

> „Da sahen die Kinder Gottes nach
> den Töchtern der Menschen, wie sie
> schön waren, und nahmen zu Wei-
> bern, welche sie wollten."
>
> Genesis.

. . . .

. . . .

„Ich lebe! — Herr des Himmels und der Erde,
„Die Stürme meiner Seele sind verflogen;
„Du hast die Vaterhand mir nicht entzogen,
„Daß sie verflucht von deinem Kinde werde;
„Mein ist die Welt mit ihrem ew'gen Blühen,
„Mein ist der goldne Tag, die stille Nacht,
„Der du für mich dein schönstes Werk vollbracht;
„Ich danke dir mit dieser Thräne Glühen.
„Ich lebe! — O der Wollust sondergleichen,
„Mein Angstruf ist ans Mutterherz gedrungen,
„Es träumte mir von fernen Himmelreichen,
„Da hielt die Erde liebend mich umschlungen.

„Ich weiß nur was ich bin und was ich war,

„Doch ist es mir als müßt' es ewig tagen,

„Der Frühling grünt, der Himmel ist so klar,

„Ich will nicht traurig sein, ich darf nicht zagen,

„Ich kann nur hoffen, denn ich lebe, lebe;

„Die Sterne wissen's, und die Engel alle,

„Ob ich zum Schöpfer meinen Blick erhebe,

„Ob ich zu seiner Tochter Füßen falle;

„Sie ahnen eine neue Seligkeit,

„Und fürchten sie das Wort, das ich verkündigt,

„Ich freue mich der schönen Jugendzeit,

„Und rufe stolz: ich habe nicht gesündigt.

„O Morgenhauch, sei tausendmal willkommen,

„Ihr Wälder, Berge — mein gepriesen Thal,

„Hast du getrauert, als zum ersten mal

„Der Liebe Offenbarung du vernommen?

„Das war ein Rauschen in den grünen Zweigen,

„Die Blumen schämten sich der Thränenspur;

„Ein Hosianna ging durch die Natur,

„Als wollte Gott von seinem Throne steigen.

„So ist's geschehen, und so sei's fortan,

„Die Welt ist mein, das Bündniß ist geschlossen,

„Jehovah, was du schufst, hab' ich genossen,

„Und du verdammtest, was mein Herz gethan?

„Und doch — in der Geliebten Angesicht

„Strahlt deiner eignen Gottheit Majestät,

„Ich weiß es, zur Versöhnung ist's zu spät,
„Doch mich vergessen, sprich, kannst du es nicht?
„Ach, für ein Sandkorn unter Millionen,
„Wird darum wen'ger hell die Sonne leuchten?
„Laß ewig mich in diesem Thale wohnen,
„Der Erde zugewandt, der thränenfeuchten,
„Dann strömt mein Dank in wilden Melodien
„Von tausendfält'gem Echo nachgesungen;
„Die Erde hat den schönsten Sieg errungen,
„Was soll der Tod, wenn dich die Engel fliehen?"

„An deinem Lager will ich Wache halten,
„Mein Söhnchen, Erstling unsers heil'gen Bundes,
„Denn mich beschämt der Mutter stilles Walten;
„Jetzt schützt dich noch der Athem ihres Mundes,
„Einst aber, wenn die rechte Zeit erschienen,
„Wirst du als deines Vaters Ebenbild
„Ins Leben greifen, trotzig, stürmisch wild,
„Und deines Herzens eignem Gotte dienen.
„Sei er alsdann, mein Kind, dem Engel gleich,
„In dessen Nähe meine Stürme schwiegen,
„Vor dem sich willig meine Kniee biegen,
„Hülflos, wie er, und nur an Liebe reich!
„Sohn unsrer Liebe! werde groß und stark,
„Und sauge Wahrheit ein mit allen Poren,

„Sie ward in dir erzeugt, mit dir geboren,
„Und bringe bis in beines Herzens Mark;
„Wie ich mit Stolz auf dich hernieberblicke,
„O süßer Knabe, und mit Thränen nur
„Der Mutter banken kann, so sei ein Schwur
„Der Rettungsbank, den ich zum Himmel schicke:
„Der Schwur, dich zu beschützen, zu begleiten,
„Dir nah zu sein, im Schlafe wie im Wachen,
„Und eines neuen Glaubens Herrlichkeiten
„In beiner reinen Seele anzufachen.“

(Nach dem Tode seines Weibes und seines Kindes.)

. . . .

. . . .

Im Wind verhallt der Ohnmacht sterbend Wort,
Die Wälber wiegen sich im Sternenlicht,
Die Berge wanken nicht und stürzen nicht,
Die Wasser rauschen freudig fort und fort;
Die Zeit verrinnt in der Verzweiflung Ringen,
Das Jenseits broht mit seinen Finsternissen,
Wird der Gefallne nun sein Werk vollbringen,
Sieht er sich um nach einem Sterbekissen?
Daß er umsonst geflucht und hoffnungslos
Den angeklagt, den er nicht hassen kann,

Dranmor.   2

Daß in der Erde mütterlichem Schoos
Der Augen Wasser ihm zu Blut gerann —
Ja, er erkennt es, und zusammenraffend,
Die letzte Kraft, gesteht er sein Verderben,
Und ruft, ein neues Elend sich erschaffend:
„Verachte meinen Zorn — ich kann nur sterben."

„Ich kann nur sterben!" — Und er stürzt dahin,
Sich selbst verdammend, ein zerbrechlich Rohr,
Da beugt sich rasch ein Schatten über ihn,
Und eine Stimme lispelt ihm ins Ohr:
„Verlaßner, den ich hier zum zweiten mal
„Die heiße Stirn im Staube bergend finde,
„Was ängstigt sich dein Herz, das schwache, blinde,
„Jetzt, da vorbei der Liebe Höllenqual?
„Der Liebe, der im friedlichen Genusse
„Nur Menschenkinder sich erfreuen dürfen,
„Die Engel lockt mit ihrem Feuerkusse,
„Daß sie die Sehnsucht ihr vom Munde schlürfen;
„Dein Lieben war ein schwüler Sommertraum,
„Du hast der Knechtschaft Fesseln gern getragen,
„Du sprachst von Kämpfen, Dulden und Entsagen,
„Und trankst den Kelch bis auf den letzten Schaum —
„Es zog dich hin mit stürmischer Gewalt
„Zu ihren Füßen — hast du je erwogen,

„Daß sie um deine Seele dich betrogen,
„Daß ihre Liebe nur dem Engel galt?
„Daß ihren Durst nach ewig grünen Lenzen
„Das Höchste nur zu sättigen vermochte,
„Daß ihrer Eigenliebe ohne Grenzen
„Sie deines Herzens Sehnsucht unterjochte?
„Nein! Deine Augen reichten nicht so weit,
„Du suchtest Unschuld in erschlafften Zügen,
„Und knietest, um dein eignes Selbst zu trügen,
„Ein Engel — vor des Weibes Eitelkeit!
„Wie Eva, die dem Dasein kaum Geschenkte,
„Bethört von meines Mundes Schmeichelworten
„Die feilen, schuldbewußten Blicke senkte,
„Du sahst es an des Paradieses Pforten;
„Doch die dein Sein beglückte und entzückte,
„Trug ihre Schande frohen Angesichts.
„So lerne heut verachten, Sohn des Lichts,
„Was sich mit deines Geistes Strahlen schmückte,
„Und zu der Wolluft Spielen und Genüssen
„Erhebe dich, und laß die Trauer fahren;
„Doch willst du deine Gottheit dir bewahren,
„Dann küsse nicht — laß dich von Weibern küssen!
„Und wo du sonst gefleht, da herrsche du;
„Doch wenn die Schönsten, Reinsten sich entschleiern,
„Dann decke, deinen ersten Sieg zu feiern,
„Mit ihren Leibern diese Leiche zu. —

„Ich bin der Erde Fürst, und möcht' in Liebe
„Mein Reich mit einem Kampfgenossen theilen,
„Der ewig, ewig mir zur Seite bliebe
„Gewaffnet mit der Rache Donnerkeilen;
„Und dennoch Krone mir und Scepter gönnte,
„Von mir des Lebens Weihe erst empfinge,
„Mit mir vertrauensvoll zum Ziele ginge,
„Daß ich ihn Sohn und Bruder nennen könnte.
„Du darfst nur wollen, und es ist gethan;
„Träume des Glücks, sie kehren alle wieder;
„Nur einmal, einmal falle vor mir nieder,
„Nur einmal, einmal bete du mich an."

Und lautlos ward's, als der Versucher schwieg,
Ein Todesseufzer ging durch die Natur,
Als fiele einer einz'gen Antwort nur
Ihr Loos anheim: Verderben oder Sieg;
Des Feindes Rede hat der Wind entführt —
Da brechen leise alle Knospen auf,
Die Ströme halten ein in ihrem Lauf,
Die Wälder starren, wie vom Blitz gerührt;
Doch der des Schöpfers Vaterherz verkannt
Und sich verlassen fühlt im eignen Reiche,
Steht athemlos, er selber eine Leiche,
Auf fremden Schmerz den todten Blick gebannt.

Da hat der Engel langsam sich gewendet,
Und hörbar kaum, bei seines Herzens Pochen,
Erwidert er: „Mein Wille ist gebrochen,
„Mein Muth dahin und meine Bahn vollendet.
„Von meinen Thränen ist die Erde satt,
„Die Lüfte schwellen an von meinen Klagen,
„Du aber sprichst zu mir von andern Tagen,
„O wärst du elend, krank und todesmatt!
„Dann würd' ich nicht mit meinem Schicksal ringen,
„Dann würd' ich willig dir zu Füßen fallen,
„Dann würd' ich dieses Herzens letztes Wallen
„Dir, meinem Bruder, gern zum Opfer bringen.
„O wer mit mir der Liebe Qualen priese!
„Laß andre Hände deine Blumen brechen,
„Ich bin zu stolz, mir selber Hohn zu sprechen;
„Ich will nur eine, will nur diese — diese.“

―――――――

O Schwur der Treue, süßer Lobgesang!
Mit Zittern hat die Erde ihn belauscht;
Doch als des Engels keusches Wort erklang,
Wie war sie da beseligt und berauscht!
Wie von der Wolken Freudenthränen reich
Die Ströme jetzt durch üpp'ge Fluren schießen,

Und wie erschrocken und erfrischt zugleich
Die Blumen eilig ihre Knospen schließen!
So ist noch nie in des Gewitters Toben
Die Welt aus ihrem Schlummer aufgewacht,
So hat noch nie in finstrer Mitternacht
Der Geist der Wildniß jubelnd sich erhoben,
So lechzten nach des Meeres kühlen Tiefen
Die Blitze nie, des Himmels Flammenzungen,
So freudig hat, wenn Engelsstimmen riefen,
Noch nie ein Menschenherz sich aufgeschwungen;
Und weinte, wenn die Hölle heute siegte,
Die Erde so die eigne Sehnsucht aus,
Daß selbst der Ocean im Sturmgebraus
Sich schmeichelnd an die goldnen Sterne schmiegte?
O Zauberwort unwandelbarer Treue,
Von hinnen floh der Fürst der Finsterniß;
Gefallner, deine Rettung ist gewiß,
Und nun beginnt der Liebe Reich aufs neue:
Denn todesmuthig lächelt ihr Prophet,
In seinem Busen wird es wieder Friede,
Die Engel lauschen seinem Schwanenliede
Und der Allgüt'ge segnet sein Gebet.

„Mein süßes Lieb! Wenn eine neue Welt
„Strahlend in Sommersglut sich dir erschloß,
„Einsamer Stern am dunkeln Himmelszelt,
„Der seinen Glanz in meine Seele goß,
„Wenn unsre Herzen, die der Tod geschreckt,
„Sich noch verstehn, wie sie sich einst verstanden,
„So will ich jetzt, erlöst von allen Banden,
„Der Nacht mich freun, die trauernd dich bedeckt.
„O Mutter Erde! Wilde Todeslust
„Durchlodert mich — einst war dein Kuß belebend,
„Jetzt ist's zu spät — und dennoch hauch' ich bebend
„Mein Lebewohl in deine treue Brust.
„Mein süßes Lieb! Hörst du das wilde Meer?
„Sein Schaum hat schüchtern deine Hand benetzt,
„Er flieht zurück, er steigt empor, entsetzt,
„Und drängt sich an der Wolken wogend Heer;
„Ich aber bin getröstet, athme freier;
„Was ängstigt mich der Liebe kalte Hülle,
„Wenn ich. verscheidend meinen Schwur erfülle,
„Gerüstet zu des Geistes Hochzeitfeier?
„Der Traum war grausam — das Erwachen mild,
„Noch einmal wird's im fernen Osten grauen,
„Die Sonne wird noch einmal niederschauen
„Auf mein entschlafnes, holdes Marmorbild;
„Dann aber wende sich der Staub zum Staube,
„Dann schwinge deine Seele sich hernieder,

„Daß ich im letzten Zucken meiner Glieder
„An einen Engel, einen Heiland glaube.
„In unsrer Liebe hellstem, reinstem Lichte
„Sei dann verklärt, was niemals sterben kann,
„Und eine ferne Hoffnung leuchte dann
„Bis dort, wohin ich meine Schritte richte.
„Mein Blick begleitet dich zur Morgenröthe,
„Ich ahne deines Geistes stille Nähe;
„Glaubst du, daß ich die Zukunft größer sähe,
„Wenn mir Jehovah seine Krone böte?
„Die Liebe wird die Krone sich erstreiten,
„Du aber kannst dein Herz in Schlummer wiegen;
„Denn was ist Trennung, was sind Ewigkeiten,
„Wenn die Gedanken bis zum Himmel fliegen?
„So hülle dich des Todes Schlummer ein,
„Bis wir uns wieder in die Arme sinken;
„Du wirst des Himmels reinsten Aether trinken,
„Und ich, Geliebte, ich gedenke dein!"

––––––

„Ich blicke durch der Zukunft düstre Schatten,
„Mir ist vergönnt, das Höchste zu erreichen
„Und in dem Moder unsrer Menschenleichen
„Des Herzens letzte Zweifel zu bestatten;
„Der Keim der Liebe, der so lange schlief,
„Die Erde hat aufs neue ihn empfangen,

„Und ihre Söhne lauschen mit Verlangen,

„Der Stimme, die mich aus den Wolken rief;

„Wol wird die Menschheit ihrem Schöpfer grollen,

„Und dem entsagend, was er einst verhieß,

„Den Gram um das verlorne Paradies

„Der Sünde Rausch zum Opfer bringen wollen;

„Ich seh' Jehovah's Antlitz zornentbrannt,

„Wenn Engel straucheln, Menschen sich empören,

„In Liebesübermuth sich selbst zerstören,

„Nach Wonne lechzend, die nur ich gekannt;

„Ha, dann verflucht er, was er selbst ersonnen

„Und was, der jungen Schöpfung sich vereinend,

„Des Vaters Liebe fliehend und verneinend,

„Sich in der Wolluft Netzen festgesponnen.

„So soll denn keine Hoffnung übrig bleiben?

„Verderben wuchert aus der Erde Schoos,

„Ich sehe Eva's Kinder heimatlos,

„Die Hände ringend, auf den Wassern treiben.

„Und wieder seh' ich in der Wüfte Sande,

„Vom Tod bedroht, des Glaubens Allmacht siegen,

„Ein neues Volk, getrennt vom Vaterlande,

„Verschmachtend, trostlos auf den Knien liegen,

„Und Einen nur, den keine Furcht erreicht,

„Das greise Haupt zu seinem Schöpfer wenden,

„Und aus dem Felsen, den die Sonne bleicht,

„Den durst'gen Zweiflern frische Labung spenden;

„O daß der Dank, der jetzt zum Himmel wallt,

„Mit Flammenzügen in mein Herz sich schriebe!

„Das ist Erkenntniß, aber keine Liebe,

„Was jubelnd durch die graue Wüste schallt —

„Und weilst du dort, wo Todeswunden klaffen,

„Dort, im Gedränge wilder Kriegerhorden,

„Du, dessen Hauch das Paradies erschaffen,

„Jehovah, du, durch den es Tag geworden?

„Doch stille! — Wandelt nicht durch grüne Auen

„Ein schöner Jüngling, im Gebet versunken,

„Mit lichter Stirn, das Auge liebetrunken,

„Zum Tod betrübt, in himmlischem Vertrauen?

„Er spricht — und mit Erstaunen hört's die Erde;

„Sein Wort ist Manna, das die Armen speist;

„Sein Wort ist Liebe, die den Vater preist,

„Damit auch ich von ihm getröstet werde; —

„O bleibe länger — laß auf deinem Pfade

„Zum Werke der Versöhnung uns verbünden;

„Ich komme zaghaft — groß sind meine Sünden,

„Doch fließt von deinen Lippen seine Gnade, —

„Nacht ist es rings — erloschen sind die Sterne,

„Sie gingen schlafen einer nach dem andern,

„Jesus von Nazareth! Wie gerne, gerne

„Möcht' ich an deiner Seite weiter wandern!

„Zwar bist du Fleisch wie ich — und bittrer Hohn

„Wird uns begleiten, denn vom Licht geblendet

„Haſt du begonnen, was nur Er vollendet,

„Und vaterlos wähnſt du dich Gottes Sohn.

„Haſt du nach dem geſtrebt, was ich gefunden?

„Haſt du gekannt, was mich zur Erbe rief?

„Der Gottheit Wehe — ich empfand es tief;

„Antworte denn: Haſt du es auch empfunden?

„Nein, du warſt Fleiſch und Blut, und dein Verlangen

„Blieb ewig ungeſtillt — und doch — und doch

„Sprichſt du von Liebe, lächelſt, hoffeſt noch — —

„O Schmerzensheld, wo biſt du hingegangen?

„Dort ruhn ſie alle, ſüßen Schlafes voll,

„Die bich geliebt, und deine Lippen flehen:

„«Mein Vater, laß den Kelch vorübergehen,

„«Doch trink' ich ihn, wenn ich ihn trinken ſoll.» —

„Vergeblich Flehn! Verzweiflung im Gehirne,

„Möcht' vor dem Schöpfer ich mein Antlitz bergen,

„Da drücken ſie, Jehovah's feige Schergen,

„Den Dornenkranz auf deine bleiche Stirne. —

„Ha, laß an beiner Statt den Schuld'gen büßen,

„Heiland der Welt, es iſt zu viel der Schande,

„Doch weh, ſie kommen, legen mich in Bande

„Und ſchleudern mich zu deinen blut'gen Füßen —

„Da hängt dein Leib, ans ſchnöde Holz geſchlagen,

„Und dennoch blickſt verzeihend du empor

„Und ſchenkſt den Schächern ein geduldig Ohr,

„Die neben dir das Ungeheure tragen?

„O Qualen, wie nur einer sie ersann,

„Daß sie nicht mich, nicht mich allein getroffen!

„Dulder der Liebe, laß mich, laß mich hoffen,

„Daß ich wie du am Kreuze sterben kann;

„Es ist zu spät — Erbarmen heiß' ich Lüge —

„Willst du auf mich dein brechend Auge richten?

„In beinem Antlitz seh' ich ihre Züge,

„In beinen Schmerzen meine eignen Pflichten.

„Der Himmel bebt — die Erde ist geborsten —

„Erlöser, Dank! Das ist die letzte Stunde,

„Das Feuer lodert durch die düstern Forsten

„Und zu den Sternen flammt die frohe Kunde:

„Dein Leiden brach der Elemente Joch,

„Mein ist der Sieg — die Hölle ist bezwungen,

„Drei eble Leichen sind im Tod verschlungen;

„O sprich, Geliebte — schläfst du, schläfst du noch?"

Vorüber ist die Nacht mit ihren Schrecken,

Durch schwarze Wolken bricht das Morgenroth,

Und es vermählt des Engels Liebesnoth

Sich mit den Flammen, die den Himmel lecken;

Aus bürren Reisern hat mit rascher Hand

Er der Geliebten Grabmal aufgebaut,

Sein letztes Werk mit Lächeln angeschaut

Und es vollendet mit dem Feuerbrand.

O da ergreift ihn neuer Todesmuth,
Er hebt empor die Stirn, die faltenreiche,
Drückt ans verwaiste Herz die holde Leiche
Und legt sie schweigend mitten auf die Glut
Mit Blumen ist ihr Lager ausgeschmückt,
Die todte Gattin ruht auf sanften Kissen;
Du aber, Erde, wirst sie beide missen,
Sie ist geschieden — und er folgt beglückt,
Denn wie in einem Meere sel'ger Wonnen
An ihrer Brust das Höchste er empfunden,
So ist, da des Genusses Zeit zerronnen,
Mit ihrer Asche sein Geschick verbunden.
Er wird als Liebesheld von hinnen gehn;
Die Martern, die ihn rings bedrohn, verachtend,
Sein stilles Thal zum letzten mal betrachtend,
So seh' ich ihn an ihrer Seite stehn.
Und wie die stolzen Lippen sich bewegen,
Dringt's durch die Seele mir wie Jubeltöne:
„Jehovah, freudig komm' ich dir entgegen!"
So ruft er aus, strahlend in Jugendschöne,
„Bist du der Zürner noch, den ich verlassen,
„Der Todfeind, der nach meinem Blute dürstet?
„Magst du mich heute lieben oder hassen,
„Ich bin wie du gewaffnet und gefürstet;
„Doch öffnest du mir deine Vaterarme,
„Wohlan, so will ich kommen und vergessen,

„Und an dies Herz, das ewig lebenswarme,
„Vor deinem Antlitz meine Gattin pressen.
„Und willst du's nicht, muß ich die Fackel schwingen,
„Denn sieh, ich liebe, leide für Millionen!
„Und darf ich nicht an deiner Seite thronen,
„Muß ich's allein erkämpfen und vollbringen.
„Abah, mein süßes Weib, du oft Genannte,
„Du einst Verlorne, laß dir's heute sagen:
„Ich liebe dich — mehr als in jenen Tagen,
„Ich liebe dich — mehr als ich's je bekannte;
„Stumm war mein Mund und frostig war mein Küssen,
„Denn zu gewaltig war der innre Drang;
„Doch daß dein erster Blick mein Herz verschlang,
„Jenseit des Todes wirst du's glauben müssen, —
„Und wenn ein Engel jetzt herniederführe,
„An diese Jammerstätte mich zu ketten,
„Du würdest dennoch meine Seele retten,
„Abah, gedenkend unsrer heil'gen Schwüre;
„Frei ist mein Geist, wenn auch die Flammen nahn,
„Denn Liebe weiß und hofft und duldet alles;
„Was ich gefühlt am Tage meines Falles,
„Was ich erstrebt, es war kein leerer Wahn.
„Und so verkünd' ich's denn durch alle Zonen:
„Dein Herz war engelrein, dein Sieg gerecht,
„Erkennen wird's ein kommendes Geschlecht,
„Ich liebe, leide, sterbe für Millionen!

„O süße Thräne, die um Eva fiel *),„

„Das Paradies verlangt nach kühnen Freiern,

„Mag sich die Wahrheit tausendmal verschleiern,

„Wer dich versteht, dem winkt ein sichres Ziel.

„Es strömt durchs Weltall ein geheimes Sehnen,

„Mein junger Odem kräftigt die Natur,

„Und sie erfüllt, sie heiligt meinen Schwur,

„Wenn Engel sich an Weiberbrüste lehnen.

„Jehovah! Herrlich wird dein Name sein,

„Wenn dankbar ihn die schönsten Lippen stammeln,

„Der Erde Söhne sich um dich versammeln,

„Um ihrer Seele Traumgebild zu frein.

„Nur den beklag' ich, der durch deinen Willen,

„Ein Held der Liebe, dort am Kreuze blutet;

„Du aber wirst die dunkle Sehnsucht stillen,

„Die nicht umsonst das Herz ihm überflutet;

„Denn Liebe ist Erbarmen ohne Grenzen,

„Ist Hoffen, Glauben, Träumen ohne Ende;

„Denn Liebe ist die Frucht von tausend Lenzen,

„Ist deines Vaterherzens eigne Spende!

„Und so verkünd' ich's denn durch alle Zonen,

„Wir finden droben unsrer Treue Lohn,

---

*) Aus den Augen des strafenden Engels bei der Ausweisung
aus dem Paradiese; dieses die dem Gedichte zu Grunde liegende
poetische Hypothese.

„Ich bin Jehovah's eingeborner Sohn
„Und hoffe, glaube, träume für Millionen!
„Und ob Geschlechter kommen und vergehn,
„Abah, sie werden deine Stimme hören;
„Ob Worte, Töne, Farben es beschwören,
„Dein Odem wird durch alle Zeiten wehn;
„Mein letztes Wort — die Erde wird's bewahren,
„Dir bringt's der frische Hauch des Morgenwindes,
„Ich liebe dich — du Mutter meines Kindes!
„Ich liebe dich — du Kind mit blonden Haaren!
„Die Flammen nahn und nahn — es braust hernieder
„Wie Engelsgrüßen, tröstend und erhebend;
„Es leuchtet, Todesschatten neu belebend,
„O Himmelsbraut, da bin ich, bin ich wieder —
„Ich komme glorreich — und du weinst um mich?
„Laß meine Asche sich mit deiner mengen,
„Dein Retter wird der Hölle Pforten sprengen,
„Und dieser Retter, Abah — der bin ich!" — —

. . . .
. . . .
. . . .
. . . .

(1847—51.)

VIII.

Robin Adair.

(Nach dem Englischen.)

———

Sei mir aufs neue gegrüßt,
Robin Adair!
In Lieb' und Treue gegrüßt,
Robin Adair!
Weinend betrittst du den Strand,
Reich' mir die zitternde Hand,
Hier ist dein Vaterland,
Robin Adair!

Gott erhörte mein Flehn,
Robin Adair!
O dieses Wiedersehn,
Robin Adair!
Bist noch der Alte, sprich?
Mancher freite um mich,
Aber ich dachte an dich,
Robin Adair!

Dranmor.

Segle nicht wieder fort,
Robin Abair!
Bleibe im sichern Port,
Robin Abair!
Glücklich werden wir sein,
Ja, dieses Herz ist dein;
Laß es nicht mehr allein,
Robin Abair!

———

IX.

Albumblatt.

(An C. P.)

———

Lege du die Hand, die liebe, kleine,
Heute noch geduldig in die meine,
Glorreich Kind! Denn morgen bist du frei,
Morgen ruft das Schicksal mich von hinnen;
Thöricht war auch diesmal mein Beginnen,
Aber Frühling war es draußen, drinnen,
Und mein Herz erlag der Zauberei.

Bleibe du in Gnaden mir gewogen,
Ist die Hoffnung mir davongeflogen,
Deine Freundschaft nehm' ich mit zur See;
Schwesterlicher Liebe zartes Gitter
Schützt uns vor der Leidenschaft Gewitter,
Ach — und dennoch zieht es deinen Ritter
Stürmisch dir zu Füßen, holde Fee!

Nur zum Abschied darf er sich vermessen,
Schweigend dich an seine Brust zu pressen,
Denn zu kühnerm Glück ist's nicht mehr Zeit;
Kamst auf seinen dunkeln Lebenswegen
Leuchtend wie ein Engel ihm entgegen,
Nun empfange seinen Brudersegen,
Seinen Dank für alle Ewigkeit.

Wenn dein Stern zu bleiben mir vergönnte,
Wenn der meine dir genügen könnte — —
Doch es kann nicht sein — und so versprich
Kindlich wie du bist, mir gut zu bleiben;
Draußen werd' ich mir die Augen reiben,
Doch in dein Gedenkbuch will ich's schreiben:
Ja, ich liebe dich — ich liebe dich!

X.

Suspension - Bridge.

—

Wie, das der Niagara? — Mit Verdruß
Rief ich's hinunter von der Eisenbrücke, —
Dort in der Ferne der gespaltne Fluß,
Die Thalschlucht hier, die kleinen Felsenstücke?

Mein Traum, das war ein ew'ger Wolkenbruch,
Das waren Ströme, die vom Himmel brausen,
Ich wollte wie durch einen Zauberspruch
Hineinverfetzt sein in der Sündflut Grausen.

O Thorheit, was die Phantasie erschuf!
Das bange Herz betäubt von tausend Wettern,
So wollt' ich, fliehend vor der Hölle Ruf,
Mit Indianern über Felsen klettern,

Und plötzlich vor dem Ungeheuern stehn,
Und dann — aus golddurchwirkten Wasserschleiern
Jehovah's Zeichen glorreich blitzen sehn,
Und zitternd meine Morgenandacht feiern.

Ach, was ich hörte, war ein schwacher Schall!
Und blickt' ich auf die beiden Katarakte,
Und lauscht' ich ihrem majestät'schen Fall,
Ich fühlte nichts, was mich gewaltsam packte.

Und doch — wie Selbsterkenntniß langsam nur
Die eitle Menschenseele überflutet,
Besiegte mich die Wahrheit der Natur,
Und gab mir alles, was ich nicht vermuthet.

XI.

Perdita.

———

Ja, mein Herd ist auch der deine,
Armes, heimatloses Kind!
Denn du liebst mich nicht zum Scheine,
Denn du liebst mich treu und blind.

Ach, die Welt war ohne Gnade,
Ohne Mitleid und Verstand;
Doch durch dornenlose Pfade
Führ' ich dich an meiner Hand.

Was du wolltest, ist geschehen;
That ich mehr als Menschenpflicht?
Bitten konnt' ich widerstehen,
Aber deinen Thränen nicht.

Bilder aus vergangnen Tagen
Thun mir in der Seele weh,
Und nur zitternd kann ich's sagen:
Bleibe hier, mein wildes Reh!

Ruh' dich aus auf grüner Weide,
Denke, schaue nicht zurück,
Du gehörst zu meinem Leide,
Du gehörst zu meinem Glück.

Daß wir gut zusammentaugen,
Daß das Rechte wir erwählt,
Haben deiner braunen Augen
Schwere Perlen mir erzählt.

O, wie flogst du mir entgegen,
Und wie kindlich war dein Ruf,
Wenn du Nachts durch Wind und Regen
Hörtest meines Rosses Huf.

Und wie kann ich's je beschreiben,
Was mein Herz für dich gefühlt,
Während an den Fensterscheiben
Du die heiße Stirn gekühlt.

Lachen mag die Welt, die schlimme,
Ueber den gezähmten Leu;
Gerne folgt er deiner Stimme,
Denn du liebst ihn blind und treu.

Und bei ihm bist du geborgen,
Gastlich ist sein Haus, und still.
Für sein armes Kind zu sorgen,
Das ist alles, was er will.

XII.

Jannario Garcia.

—

1.

„Entartet ist die junge Brut,
„Und — Gott verzeihe mir die Sünde —
„Ich habe sehr gewicht'ge Gründe,
„Und manchen Anlaß, mehr als gut,
„Mit meinem eignen Fleisch zu habern;
„Denn Wasser, anstatt heißes Blut,
„Rinnt meinen Söhnen durch die Abern,
„Seitdem ich, auf der Mutter Bitte,
„Den Rechtsverbrehern sie gebracht,
„Zu Advocaten sie gemacht
„Dort in Sanct=Paul, nach heut'ger Sitte;
„Jetzt sind sie modisch angekleidet
„Mit engen Hosen und Cravatten,
„Doch wilde Hengste zu ermatten
„Ist ihnen lange schon verleidet;

„Statt deſſen wird von Politik,

„Von Menſchenrechten viel geſprochen,

„Und von Theater und Muſik.

„Was ſoll's? Die Keckheit iſt gebrochen —

„Verroſtet ſind der Alten Meſſer,

„Es gilt ihr Wort nur dann und wann,

„Denn Kinder wiſſen alles beſſer;

„Habt Ihr's verſtanden, junger Mann?

„Vielleicht gehört Ihr auch zu jenen

„Spaßvögeln, die mit ſchlaffen Sehnen

„Herüberfliegen, uns zu mahnen

„An Fortſchritt und an Eiſenbahnen

„Und andre ſolche Narrenspoſſen?

„Gleichviel! Laßt die gelehrten Leute,

„Und wenn Ihr wollt, erzähl' ich heute

„Von einem Freund und Zeitgenoſſen;

„Garcia hieß er als der Sohn

„Ehrbarer Aeltern (wohlgerathen

„War dieſer Sproſſe — mir zum Hohn!)

„Und Januario von dem Pathen.

„Garcia! — Ha, Ihr ſollt erfahren,

„Wie der gewußt, ſein Recht zu wahren,

„Was der auf dieſem Grund und Boden

„Gethan, um Unkraut auszuroden,

„Was der geſchworen und gelitten!

„Schon geſtern hatt' ich's auf der Zunge,

„Als wir die kleine Strecke ritten
„Von Sorocaba nach Itù;
„Staub aber lag auf meiner Lunge
„Und klebte mir die Lippen zu."

Nach solchen Eingangsworten floß
Die Rede von des Alten Munde,
Wir lagen schweigend in der Runde,
Und wenn uns mancher Wink verdroß,
Wir mußten dies und jenes hören,
Es wagte keiner ihn zu stören;
Ein Fazendeiro *) war's, ergraut
In harter Arbeit, heißem Schaffen,
Der seine blankgeputzten Waffen
Zuweilen grimmig angeschaut,
Ein halber Gaucho, rauh und zähe — —
Wir ruhten aus am Lagerfeuer,
Die Pferde grasten in der Nähe,
Und daß Garcia's Abenteuer
Uns, deren Herzen nicht gestählt,
Den Schlaf verscheuchten, glaube jeder,
Der lesen mag, was meine Feder
Mit leichten Strichen nacherzählt;

---

*) Brasilianischer Landbesitzer.

Denn ich bekenne meine Schwäche,
Die Scene schildern kann ich nicht —:
Der Vollmond goß sein Silberlicht
Auf eine waldumkränzte Fläche,
Hier Gräser von Demanten funkelnd,
Felsblöcke dort auf Blumenmatten
Mit ihren langgestreckten Schatten
Das wunderbare Bild verdunkelnd;
Des Alten Stimme, bald erschallend
Wie Sturmestoben, bald verhallend
Wie Todesseufzer, dumpf und hohl —
Das alles läßt sich nicht beschreiben;
Mir aber wird die Scene wohl
Auf immer im Gedächtniß bleiben!

2.

Unweit von Sorocaba hatte
Garcia sein behäbig Haus,
Er wohnte dort jahrein jahraus,
Ein ernster Mann, ein treuer Gatte;
Ihm war das Glück nicht zugeflogen,
Es kam als wohlverdienter Lohn:
Zwei Kinder, beide gut erzogen,
Ein Mädchen und ein muntrer Sohn

Vergnügten seine Lebensgeister,
Und sonder Gram, in stillem Glücke
Vergaß er, daß der Nachbarn Tücke
Ihm mit Processen, immer dreister,
Ein Stück bestritt von einem Felde,
Das er mit selbsterworbnem Gelde
Gekauft, nicht um es zu verschenken;
An kleine Plagen nicht zu denken,
Ist für den Weisen schon Gewinn;
Doch ein Ereigniß, grausenhaft,
Vermochte dieses Mannes Sinn
Und seines Zornes Riesenkraft
Auf blut'ge Thaten hinzulenken.

In früher Morgenstunde war
Sein Sohn zum Pirschen ausgegangen,
Der wollte als ein junger Aar
Nicht an der Mutter Schürze hangen;
Der Vater, ohne Furcht zu nähren,
Ließ seinen Sprößling gern gewähren;
Doch bleibt er heute — schon erschrocken,
Als er beim Klang der Vesperglocken
Den Jäger, wie es sonst geschah,
Nicht an der Abendtafel sah —
Nicht länger unter seinem Dache,
Gedanken steigen in ihm auf

An Hinterlist und Feindesrache,
Und Angst beflügelt seinen Lauf.
Er hat sie nicht umsonst empfunden,
Zwar ist der Knabe bald gefunden,
Doch traut er seinen Augen kaum —
Wie! — Das sein Kind? — An einen Baum
Gelehnt, die Hände festgebunden,
Und auf den Lippen rother Schaum?
Ach! — Und der Busen klafft von Wunden,
Von sieben, sieben Messerstichen!
Garcia ist zurückgewichen
Entsetzten Blicks, das Haar gesträubt —
Von ungeheuerm Schmerz betäubt,
Entfesselt er die theure Leiche,
Und hält sie bebend in den Armen,
Und küßt die Stirn, die marmorbleiche,
Dann schluchzt er: „Jungfrau, gnadenreiche,
„O für den Mörder kein Erbarmen!"

Und seiner Seele, die verwirrt
Bald den, bald jenen Feind verdächtigt,
Und wieder sucht, und wieder irrt,
Hat bald die Wahrheit sich bemächtigt.
Garcia schlägt sich vor die Stirn
Und ruft: „Hier fängt es an zu dämmern,
„Es soll mein thörichtes Gehirn

„Nicht Wölfe suchen unter Lämmern!
„Nicht heulen will ich um mein Kind.
„Ha, diese sieben Wunden sind
„Von Buben mir geschlagen worden,
„Die gestern logen, heute morden,
„Von Nachbarn — nein! Von sieben Dieben,
„Gebrüder Silva heißt ihr sieben
„Dämonen, schon seit langer Zeit
„In meinem Schuldbuch eingeschrieben.
„Verflucht in alle Ewigkeit
„Sei euer Handwerk, das infame,
„Sei euer Stamm und euer Name,
„Verflucht das ganze Schlangennest,
„Verflucht der Bauch, der euch geboren;
„Mein Arm ist stark, mein Wille fest,
„Zu Gott im Himmel sei's geschworen;
„Ich, der noch kein Gelübde brach,
„Nicht ruhen will ich, bis vernichtet
„Die Teufel, die mit sieben Bissen
„Ein schuldlos, kindlich Herz zerrissen,
„Die meinen Knaben — o der Schmach! —
„Gepackt — gefoltert — hingerichtet. — "

Und als er nun in wilder Hast
Den Mantel um sein Kind geschlagen,
Hat keuchend unter solcher Last

Den Leichnam heimwärts er getragen.
Nacht ist's — er sieht sein Haus erhellt,
Nicht lange war er fortgeblieben,
Und doch, sobald der Hund gebellt,
Begleitet jetzt, von Angst getrieben,
Garcia's Weib das treue Thier
Und fragt: „Bist du's, bringst du ihn wieder?"
Er naht, er legt die Bürde nieder
Und spricht: „Hier ist dein Junge — hier!
„Sieh her und zähle diese Löcher!
„Es griffen sieben Ungeheuer
„In ein Besteck, in einen Köcher;
„Doch solche Späße sind zu theuer,
„Wenn sie Garcia nicht gefallen,
„Gebrüder Silva! Maß für Maß
„Ist meine Losung, und mein Spaß
„An eure Fersen mich zu krallen
„Und eure Herzen zu durchbohren;
„Den Tigern werf' ich hin den Fraß,
„Für sie sind eure Eingeweide;
„Ich fordre nichts als ein Geschmeide,
„Um einen Schmuck von sieben Ohren,
„O Weib, zu deinem Trauerkleide,
„Will, wo ich sie ereilen kann,
„Ich eines jeden Leiche schänden;
„Sie heißen Silva, und dein Mann

Dranmor.   4

„Kehrt nicht zurück mit leeren Händen.
„Wenn ich die ganze, weite Erde
„Barfuß durchwandern muß — es sei!
„Die Tochter rufe mir herbei;
„Ein Lebewohl, und dann zu Pferde!"

Was hilft des Kindes zärtlich Flehn,
Was hilft der Gattin lautes Weinen?
Er segnet, er umarmt die Seinen,
Vielleicht auf Nimmerwiedersehn.
Doch ob sie um den Todten jammern,
Sich zitternd an den Vater schmiegen,
Ob sie verzweifelnd ihn umklammern
Und trostlos ihm zu Füßen liegen,
Umsonst! — Schon wird sein Roß gebracht,
Gesattelt hat er's und bestiegen,
Es treibt ihn fort mit Höllenmacht,
Sternlos und frostig ist die Nacht;
Weib, Tochter hängen an den Bügeln,
Umsonst! — Wer will den Reiter zügeln,
Wenn Blutdurst ihm das Herz versengt?
Garcia reißt sich los und sprengt
Von dannen wie auf Windesflügeln.

———

3.

Wer so zu hassen, so zu lieben,
Wer seines Kindes Todesschweiß,
Wer eine That zu rächen weiß,
Die ihn von Haus und Hof vertrieben,
Der ist gewillt, sich durchzuwinden
Durch Labyrinthe, Finsternisse,
Der wird des Feindes Fährte finden,
Die oft verwischte, ungewisse,
Solang' die Augen nicht erblinden. —
Schon sieben Jahre sind verflossen
Seit jener grausenvollen Nacht,
Gefördert ist, doch nicht vollbracht,
Was unser Held zu thun beschlossen;
Kahl ist sein Schädel, grau sein Bart,
Garcia ward zum frühen Greise,
Der seine Kräfte nicht gespart
Auf weiter, stets erneuter Reise;
Was er geschworen seinem Gotte,
Läßt ihn noch immer nicht ermüden,
Entflohn nach Norden und nach Süden
War seiner Feinde feige Rotte;
Garcia wittert ihre Spur.
Entfernung — Zeit, die langsam nur

4*

Vor wuthentflammten Blicken schwindet,
Wie schwer die Prüfung er empfindet,
Er ist gestählt durch seinen Schwur.
Dort, wo des Tropenhimmels Strahlen
Auf schwarze Leiber niederglühn,
Die ihre Abkunft sich bemühn
Mit saurem Schweiße zu bezahlen,
Wo schlanke Palmen sich erheben,
Wo jedem Baume, jedem Strauch
Schlingpflanzen an den Aesten kleben,
Wo Krokodille ihren Bauch
Behaglich an der Sonne wärmen,
Wo Tiger lauern, Affen klettern,
Aras und Papagaien schmettern
Und Kolibris die Luft durchschwärmen,
Dort hat Garcia unverzagt
Sein Wild erwartet und gejagt.
Wenn ungeheure Regengüsse
Die rasche Wanderfahrt gehemmt,
Des Pilgers Pfade überschwemmt,
Durch Seen schwamm er und durch Flüsse,
Nach immer frischer Beute suchend
Und seines Kindes Mördern fluchend;
Und wenn es Winter ward im Lande,
Wenn Reif die fetten Weiden deckte
In Sanct-Cathrina, Rio-Grande,

Und sich der Hirt ans Feuer streckte;
In Wintersfrost, in Sommersglut,
Solang' die Kräfte nicht versagten,
Nie hat er lange ausgeruht,
Und immer zog er seinen Hut,
Wenn aus der Erde Kreuze ragten
Zum Zeichen, daß ein Mord gerathen,
Daß mancher andre sich gerächt
Nach Landesbrauch (der ungeschwächt
Noch heute treibt zu solchen Thaten).
Zurück mit zärtlicher Gewalt
Lockt oft ihn eine innre Stimme,
Daß eine blutige Gestalt
Ihn wappnen muß mit neuem Grimme;
Erst wenn das Feuer ausgetobt,
Erst wenn erfüllt was er gelobt,
Wenn jeder seinen Lohn empfangen,
Wenn das Entsetzliche geschehn,
Will Weib und Kind er wiedersehn. —
Schon sieben Jahre sind vergangen,
O lange, trostlos lange Zeit!
Sisyphusqual, die niemals endet!
Jetzt hat er rückwärts sich gewendet,
Gedenkend der Vergangenheit,
Der ewig theuern, wonnereichen,
Der Heimat, ach! der nahen, stillen;

Doch muß auch diesmal seinem Willen
Des Herzens tiefe Sehnsucht weichen.
Von ferne, Sorocaba, sieht
Er deine Thürme, und entflieht
Nach Westen, süße Rast verschmähend
Und stets nach neuen Opfern spähend.
Und wie er durchs Gebirge reitet,
Von einem Diener nur begleitet,
Da kommt, entbietend Gruß und Segen,
Ein greiser Klausner ihm entgegen,
Und freundlich ladet der ihn ein,
Für diese Nacht sein Gast zu sein.
Wer würde solchem Wort mißtrauen?
Garcia folgt dem frommen Mann
Zu einer Thür, in Fels gehauen;
In kühler Wohnung wird er dann
Bewirthet und erquickt mit Worten
Des Trostes, lange schon entbehrt;
Der sonst die Thränen abgewehrt,
Die seinen finstern Blick umflorten,
Läßt jetzt der Rührung ihren Lauf;
Er ist von heißem Dank durchdrungen,
Und nur von Müdigkeit bezwungen
Sucht endlich er die Zelle auf,
Die eine Wand von jener scheidet,
Wo mit dem Klausner er gesessen

Und dessen Brot und Salz gegessen.
Nun da er, völlig angekleidet,
Aufs weiche Bett sich niederlegt,
Sind seine Sinne so erregt,
Daß Träume ihm den Schlaf verderben,
Ihn zwar der Fassungskraft berauben,
Doch dem Bewußtsein nicht erlauben
In mildem Schlummer hinzusterben.
Und wie er so mit Bildern ringt,
Die rasch sich aufeinander thürmen,
In stetem Wechsel ihn bestürmen,
Vernimmt er seinen Namen — springt
Empor, auf einmal wieder munter. —
Ums Messer ballt sich seine Hand,
Er duckt sich an die Breterwand,
Hört leise Worte, und darunter
Von solchen, die wie Höllenglut
Auf schmerzerfüllte Seelen zischen,
Genug, genug, um seine Wuth
Und sein Gedächtniß aufzufrischen;
Durch morsche Planken dringt ein Schimmer
Herüber aus dem Nebenzimmer,
Und schnell erobert wird die Spalte;
Wer tafelt dort beim Lampenscheine?
Garcia's Diener ist der eine,
Und wer der andre? Ist's der Alte?

Die gleiche Kutte trägt er zwar,
Den Strick, um seinen Leib gewunden,
Verräth der wallende Talar;
Doch langer Bart und Silberhaar
Und auch die Runzeln sind verschwunden,
Ganz anders klingt der Stimme Ton.
Garcia stuzt. Was? Der Patron
Hat ihn als Klausner angelogen?
O, bei der Rede, welche jezt.
Sein Herz erschüttert und entsezt,.
Sind alle Zweifel gleich verflogen.
„So ging er richtig in die Falle",
Spricht dieser, den er nicht erkannte,
„Nun schnarcht der Wolf im vollen Stalle;
„Wenn der in meine Klauen rannte,
„Dir dank' ich, Freundchen, den Hallunken,
„Du hast ihn schlau herbeigelockt,
„Er fand die Suppe eingebrockt
„Hier, wo wir Brüderschaft getrunken.
„Den solches Gaukelspiel gerührt,
„Den seine Thorheit so verführt,
„Daß er bei mir sich eingenistet,
„Empfange nur, was ihm gebührt,
„Nachdem er endlich überlistet.
„Drei Brüder hast du mir erschlagen,
„Garcia, und ich mußte lang

„Den Haß, die Schmach im Busen tragen;
„Um so gelungner ist der Fang.
„Wenn deine Nachbarn du verachtet,
„Wie steht's um ihre Wenigkeit,
„Um deine Seelenruhe, seit
„Sie dir den Jungen abgeschlachtet?
„Der hat sein Messer scharf geschliffen,
„Der dir zum letzten Schlaf geleuchtet —
„Wein her! Noch einmal angefeuchtet,
„Dann hat der Bluthund ausgepfiffen.“
Und als der Diener eingeschenkt,
Da schleicht Garcia auf den Zehen
Zu seinem Lager hin und denkt:
Dem wird die Mordlust bald vergehen.
Er legt sich sachte nieder, harrt
Der Dinge, die da kommen sollen,
Erbleicht nicht, als die Thüre knarrt,
Zuckt nicht zusammen bei dem vollen
Strahl einer Lampe, regt sich nicht,
Als ihm die beiden näher rücken,
Sich ängstlich aneinander drücken;
Bis mit verstörtem Angesicht,
Der hinterm Glase sich gebrüstet,
Sich jetzt zum Tigersprunge rüstet,
Und bis, geschliffen und gespitzt,
Daß sie ihr Opfer nicht verfehle,

Die Klinge ihm entgegenblitzt
Des falschen Klausners — hui, da sitzt
Garcia's Faust ihm an der Kehle.
Wie sich des Burschen Rausch vermindert
Und wie er zittert und erbleicht,
Als, von dem Gegner unbehindert,
Sich sein Kumpan von dannen schleicht!
Ihn aber halten Eisenkrallen,
Weh! Sein Geheimniß ist durchschaut —
Das ahnt er bei dem ersten Laut,
Der seines Richters Mund entfallen.
Kein Beßrer bleibt beherzt und stark,
Wenn so die letzte Hoffnung strandet;
Doch was an diese Seele brandet,
Das bringt ins tiefste Lebensmark:
„Luiz da Silva! Wohl erwogen,
„Vortrefflich nenn' ich deinen Plan;
„Als du die Lappen angezogen,
„In der Vermummung mich betrogen,
„War ja die Arbeit halb gethan;
„O ich bewundre deine List!
„Nur will ich eines dir vertrauen:
„Wer ihres Schlafs nicht sicher ist,
„Der spaße nie mit solchen Gästen,
„Die, statt im Stalle sich zu mästen,
„Das schwere Futter schlecht verdauen;

„Und noch das andre laß dir sagen,

„Für deine beiden Ohren wichtig:

„Drei Brüder hab' ich dir erschlagen?

„Nein, das Register ist nicht richtig,

„Luiz da Silva! Fünfe sind es,

„Fünf deiner Brüder sühnten schon

„Das Todesröcheln meines Kindes,

„Und kein Erbarmen, kein Pardon

„Ist für den Sechsten zu erhoffen. —

„Der hier sein Kunststück ausgebrütet,

„Erfahre, wie ich die getroffen,

„Die vor dem Wolfe sich gehütet:

„Bei Taubaté, im nächt'gen Lager,

„War einst ein Reitertrupp vereinigt,

„Und ein Geselle, lang und mager,   .

„Saß schweigsam, wie von Angst gepeinigt,

„Am Feuer, in die Flammen stierend

„Und in Gedanken sich verlierend.

„Armsel'ger Träumer! Blinder Thor!

„Ha! Gleich der flinksten Tigerkatze,

„Lautlos, mit ungeheuerm Satze,

„Sprang einer aus dem Busch hervor;

„O der, der hat sich nicht besonnen,

„Ein Griff, — ein Messerstich, — ein Schrei, — —

„Ein Schnitt, — dann stürzten sie herbei

„Die andern alle, — doch entronnen

„Verschwunden war der wilde Gast;

„Der Lange hat kein Wort gesprochen,

„Denn mitten durch die Brust gestochen

„Lag er verscheidend da, — du hast

„Errathen, wem die That gelungen?

„Carlos da Silva hieß die Leiche,

„Der Flüchtling aber war der Gleiche,

„An dessen Lager du gedrungen;

„Vor deinen Augen steht der Thäter. —

„Nun höre weiter: Später, später

„In Coritiba sah man zwei

„Fremdlinge warme Nester bauen

„Für sich und ihre jungen Frauen,

„Und doch — daß keiner glücklich sei

„Trotz honigsüßer Flitterwochen,

„Das wurde hin und her erzählt;

„Sie waren beide gut vermählt

„Und hatten friedlich sich verkrochen

„In eines Hauses stillen Räumen;

„Wenn sie aus einem Glase tranken,

„Glaubst du, daß häßliche Gedanken

„Sie nicht geschreckt aus Liebesträumen?

„Sie waren beide gut vermählt,

„Fürwahr, und beide schlecht geborgen,

„Zu Todesopfern auserwählt,

„Und nicht zu kümmerlichen Sorgen.

„Genug! An einem schönen Morgen

„Ward mit der Schnelligkeit des Blitzes

„Ein gräßliches Gerücht verkündet,

„Weit, weit durchs Land; doch wohlbegründet,

„Die Schwelle eines Wittwensitzes

„Sofort bestürmt mit tausend Fragen —

„Zwei Schurken waren übermannt

„Im Schlafe. Weiter nichts. Sie lagen —

„(Daß dir die Namen schon bekannt,

„Die noch auf meinen Lippen brennen,

„Luiz da Silva, möcht' ich wetten!)

„Durchbohrt auf ihren Ehebetten.

„Den Thäter brauch' ich nicht zu nennen,

„Vor deinen Augen steht er heute.

„Zwei Ohren waren seine Beute.

„Carlos, Antonio, Joacquim! *)

„Drei Brüder hast du rächen wollen,

„Doch mehr als diese sind dahin;

„Die andern waren ganz verschollen,

„Und oft verlor ich ihre Fährte;

„Dennoch verfolgt' ich, unverdrossen,

„Die meines Kindes Blut vergossen,

„Wenn auch die Reise lange währte.

---

*) Wird ausgesprochen: Joaquin.

„Im Norden gingen meine Wege
„Bis Maranhaõ. Monde verstrichen
„Umsonst. Der Feind war schon entwichen,
„Dort lief mir keiner ins Gehege.
„Vom Süden bin ich jetzt gekommen,
„Und dir zu sagen wol verpflichtet,
„Was dort der Jäger ausgerichtet,
„Den du zu fangen unternommen.
„Zwei Reiter hab' ich einst entdeckt
„Am Paraná, im Steppengrase.
„Wer je der Pampa Luft geschmeckt,
„Erfreut sich einer feinen Nase;
„Sie hörten meines Rosses Schritt,
„Und wahrlich, statt mich anzugreifen,
„Schien's ihnen klüger, auszukneifen —
„Unnütze Flucht, verrückter Ritt!
„Wenn zwei aus einem Neste stammen,
„Sie bleiben brüderlich beisammen;
„So galopirten, Mann an Mann,
„Die beiden fort auf Teufelholen.
„Ach, ihre glitzernden Pistolen,
„Die sah ich freilich dann und wann;
„Doch ruhen in den Satteltaschen
„Ließ ich das Spielzeug, zielte scharf,
„Bevor ich meinen Lasso warf,
„Das saubre Paar zu überraschen.

„O Stolz, o Freude sondergleichen,

„Als beide sich im Staube wanden —

„Das andre hast du schon verstanden.

„Sieh her, hier sind die Siegeszeichen!

„Zwei Brüder, Henker meines Knaben,

„Francisco und Paulino haben,

„Nachdem sie lange mich genarrt,

„Endlich getanzt nach meiner Leier;

„Die Leichen liegen unverscharrt,

„Ein fettes Mahl für Wüstengeier. —

„Nach Rache schreit mein eignes Blut,

„Drum bete, daß dir Gott verzeihe,

„Luiz! An dir ist jetzt die Reihe!

„Fünf Ohren sind mein höchstes Gut,

„Sie duften wie die feinsten Nelken,

„Die je des Himmels Thau benetzte;

„Ein sechstes seh' ich schon verwelken,

„Dein Bruder Bento trägt das letzte,

„Auch der bezahlt mir seine Schuld

„Vielleicht mit Zinsen, nur Geduld,

„Bis der die Seele ausgespien!"

Und als Garcia dies geschrien,

Faßt fester er, mit wilder Lust,

Den schon verathmenden Gesellen

Und spricht: „Du kannst Quartier bestellen!"

Stößt ihm das Messer in die Brust

Und wirft ihn in die nächste Ecke,
Verächtlich murmelnd: „Hund, verrecke!"

4.

Noch Einen muß sein Fuß zertreten,
Noch ist Garcia nicht am Ziel,
Der Zufall trieb sein grausam Spiel
Mit der Verzweiflung des Athleten;
Wer richtet dieses Mannes Thun?
Er weiß zu lieben und zu hassen, —
Zehn volle Jahre sind es nun,
Seit Weib und Tochter er verlassen.
Das Schicksal hat mit rauher Hand
Ihm manchen Racheplan zertrümmert;
Erschöpft, gealtert, tiefbekümmert,
Ein Bettler, pilgert er durchs Land.
Drei Wanderjahre sind verloren,
Pferd, Sattelzeug und Silbersporen
Verkauft, die Kräfte aufgerieben;
Doch trotzig ist sein Herz geblieben,
Feurig sein Grimm, sein Wille mächtig,
Und endlich, langsam und bedächtig,
Hat er vermocht, durch Wälder, Steppen
Bis Cuyabá sich hinzuschleppen.

Nicht lange raften will er dort,
Nein, von dem weitentlegnen Ort,
Brafiliens Grenze überfchreitend,
Den Paraguay hinunterfahren;
Vor Trägheit weiß er fich zu wahren,
Solange feine Schritte leitend
Ihn ewig fchwankende Gerüchte,
Die feines Fleißes letzte Früchte
In immer dichtern Nebel hüllen,
Mit immer neuer Wuth erfüllen.

Beftäubt, mit wunden Füßen, krank,
Steht er, durchbebt von Fieberfchauern,
Vor eines fchmucken Haufes Mauern
Und finkt auf eine Gartenbank;
Da wird ein Fenfter aufgeriffen
Und eine Stimme fragt: „Woher
„Des Weges, Freund?" — „Ihr glaubt es fchwer,
„Doch meinetwegen mögt Ihr's wiffen,
„Ich komme von Sanct=Paul", entgegnet
Garcia. — „Was? Und etwa gar
„Ein Pauliftaner?" — „Ja, fürwahr!" —
„O, diefe Antwort fei gefegnet!
„Ermattet fcheint Ihr, altersfchwach,
„Herein! Ich will Euch fchon verpflegen."
Garcia läßt fich leicht bewegen,

Schon ist er unter Dach und Fach
Und denkt: „Hier ist es gut zu wohnen,
„Wie gastlich hier die Leute sind!" —
Bald kommt ein blondgelocktes Kind
Und bringt ihm seine schwarzen Bohnen *),
Ein Fleischgericht, ein volles Glas,
Und spricht: „Die Mutter schickt Euch das,
„Die vor der Hausthür Euch gefunden,
„Und sagen soll ich: Laßt's Euch munden!
„Und ferners: Wenn Ihr dann gespeist,
„Kommt sie hieher, und hört Geschichten,
„Die müßt Ihr selber uns berichten,
„Weil Ihr so weit herumgereist."
Der Kleine fühlt sich sehr geschmeichelt,
Daß ihn Garcia plaudern läßt,
Ihm seine feinen Haare streichelt
Und sie mit heißen Thränen näßt;
Dann fährt er fort: „Ich mag Euch gerne,
„Weil ihr so weit gewandert seid,
„Das thut auch meiner Mutter leid;
„Doch wißt, wir kamen auch von ferne,
„Von Sorocaba kamen wir,
„Großmutter seh' ich manchmal weinen,

----

*) Das brasilianische Nationalgericht.

„Auch meine Mutter weint mit ihr;

„Großvater aber hab' ich keinen,

„Er ist es grade, den sie meinen,

„Wenn heimlich sie zusammen sprechen." —

Garcia überläuft es kalt,

Doch sich bemeisternd, ruft er: „Halt!

„Ich muß die Rede unterbrechen;

„Wie hieß — wie hieß Großvater? Sprich!

„In deinen Augen kann ich's lesen;

„O, wenn er seinem Enkel glich,

„Ist er ein ganzer Mann gewesen."

Das stimmt den Knaben doppelt heiter.

„Januario hieß er, so wie ich!"

Antwortet er. — „Und weiter. — weiter?" —

„Garcia." — — Auf das Zauberwort

Ist zwar der Frager vorbereitet,

Doch die Gewißheit reißt ihn fort,

Er hat die Arme ausgebreitet,

Er will in stürmischem Entzücken

Das Kind an seinen Busen drücken;

Ja, jeder Zweifel ist gehoben,

Ja, diese Fügung kam von oben,

Die unerhörte, wundersame —

Der Herr verläßt die Seinen nie. —

„Jetzt aber", ruft Garcia, „wie,

„Mein Sohn, ist denn des Vaters Name?"

5*

„Bento da Silva." — — Gott der Gnade!
So schleuderst du auf dunkle Pfade
Den Wetterstrahl, den Donnerkeil?
So lenkst du den verlornen Pfeil,
Der kraftlos durch die Lüfte zittert
Und bald des Adlers Schwingen streift,
Und bald sein stolzes Herz zersplittert?
Bento da Silva! — — Kaum begreift
Garcia diese Schreckenskunde —
Weib, Tochter gegen ihn im Bunde,
Verkauft, verrathen von den Seinen? —
Sprachlos, bis in den Tod erschrocken,
Entsetzt, betrachtet er den Kleinen, —
Und plötzlich hört er ihn frohlocken:
„Nach meinem Vater fragt Ihr? Seht!
„Hier ist er." — Auf der Schwelle steht
Ein junger Mann von feinen Zügen,
Der freundlich auf Garcia blickt. —
„Daß hier ein Landsmann sich erquickt",
Ruft er herein, „macht mir Vergnügen." —
Da spricht mit neubelebter Kraft
Garcia diese Worte: „Prahle
„Du nicht mit unsrer Landsmannschaft,
„Bento da Silva, sondern zahle
„Dem Gaste seinen Finderlohn;
„Sei mir willkommen, Schwiegersohn,

„Zum erſten und zum letzten male! —"
Von namenloſem Schmerz erfaßt,
Erwidert ſein Beſucher: „Müſſen
„Wir hier uns wiederfinden, laßt
„O Vater, Eure Hand mich küſſen;
„Mein Leben iſt verwirkt — ihr könnt
„Es nehmen, wann Ihr wollt; ich ſtehe
„Wehrlos Euch gegenüber, flehe
„Nicht um Erbarmen; doch vergönnt
„Mir, den Ihr Schwiegerſohn geheißen,
„Der nur mit Trauer Euch betrachtet,
„Ein Herz, das nach Verzeihung ſchmachtet,
„Vor Euern Blicken aufzureißen.
„Die tiefe, nie vernarbte Wunde,
„Sie brennt, ſie blutet immerdar
„Seit jener unglückſel'gen Stunde; —
„Garcia, hört mich an, ich war
„Ein Kind, ein vierzehnjähr'ger Knabe,
„Der jüngſte Eurer Feinde, habe,
„Von meiner Brüder Wuth bethört,
„Als ſie ihr armes Opfer ſanden,
„Der grauſen That nicht widerſtanden, —
„Ihr wendet Euch von mir, empört, —
„Antwortet nicht, bis ich vollendet,
„Ich war nicht grauſam, nur verblendet;.
„Ich weiß nicht, wie es zugegangen

„An jenem Tage voller Schrecken,

„Weiß nur, daß mich die andern zwangen

„Auch meine Hände zu beflecken.

„Gott hört es, was ich hier betheure:

„Ich war verführt und eingeschüchtert,

„Und doch — wie hat das Ungeheure

„Des Frevels plötzlich mich ernüchtert!

„Die Reue brannte lichterloh

„In meinem Busen, — ich entfloh

„Der Greuelstätte, — und geschieden

„Von meinen Brüdern, stets allein

„Und ohne Hoffnung, ohne Frieden,

„Nicht, weil ich Euch gefürchtet, nein!

„Weil vor mir selber ich erbebte,

„Bin ich durchs Land geflohen; — ach!

„Was ich zu tödten mich bestrebte,

„Ward immer, immer wieder wach.

„Was half's, die Welt mir zu beschauen?

„Verloren war mein Lebensglück,

„Und endlich trieb es mich zurück

„In unsre heimatlichen Gauen. —

„Gereift durch jahrelange Leiden,

„Kein Kind und auch kein Jüngling mehr,

„Fand ich mein Haus veröbet, leer;

„Und war der Reichste von uns beiden,

„Denn Euer Herd lag in Ruinen. —

„Verwunbrung spricht aus Euern Mienen, —
„Das habt Ihr freilich nicht bebacht
„In Eurer väterlichen Würbe, —
„Gattin unb Tochter, — welche Bürbe!
„Wer seinen Herb nicht überwacht,
„Der tritt sein eignes Herz mit Füßen;
„Das Elenb stanb vor ihrer Thür —
„Sagt an, was konnten sie bafür?
„Was hatten Weib unb Kinb zu büßen?
„Die Mutter — krank unb lebensmatt;
„Die Tochter, — eine blasse Rose, —
„Ich sah die Holbe, Vaterlose,
„Verlassne — unb an Eurer Statt,
„In tiefempfunbner süßer Reue,
„Was Ihr versäumt, hab' ich gethan.
„Unb sie? — — Sie schloß sich an mich an,
„Unb — warb mein Weib, das liebe, treue.
„Wohl hatten wir gekämpft, gelitten,
„Bis wir der Mutter Herz bezwungen;
„Doch war auch dieses uns gelungen
„Mit unsern thränenreichen Bitten.
„Der Himmel sei mir bessen Zeuge,
„Nur Eines hat sie nie erfahren:
„Daß ich in meinen Knabenjahren
„Dem Morbe beigewohnt — ich beuge
„Mein Haupt vor bem, der alles weiß,

„Er wird die Lüge mir vergeben;

„Mir aber schien es sein Geheiß,

„Noch einmal, einmal aufzuleben. —

„Es hieß bei uns, daß Ihr gestorben,

„Drei meiner Brüder schon gefallen,

„Drei ausgewandert — von uns allen

„Ich, der um Euer Kind geworben,

„Der letzte — fragt mich nicht, warum

„Der Heimat dennoch ich entsagte,

„Ihr wißt, was mir am Herzen nagte;

„Versilbert ward mein Eigenthum,

„Und eilig zogen wir von dannen,

„Bis endlich hier in Cuyabá

„Ein neues Dasein wir begannen.

„Der Herr hat uns gesegnet; — ja,

„Wenn von der blutgetränkten Stelle

„Uns weite Länderstrecken trennen,

„Darf ich auf dieses Hauses Schwelle,

„Vor Euerm strengen Angesicht

„Euch weinend Schwiegervater nennen;

„Denn fragt die Meinen, ob sie nicht

„Dankbar des Schöpfers Hand erkennen,

„Die zwei verwaiste Herzen heilte;

„Er hat ein Söhnchen uns bescheert,

„Und so sein Füllhorn ausgeleert. —

„Wenn Euer Zorn nur mich ereilte,

„Ich läge nicht auf meinen Knieen;
„Habt Ihr der Unschuld nichts verziehen,
„Müßt neue Thränen Ihr erpressen,
„Garcia, — könnt Ihr nichts vergessen?
„Wohlan, der Schuldner ist bereit,
„Er gibt Euch Weib und Tochter wieder,
„An ihnen übt Barmherzigkeit
„Und an dem Enkel, — meine Zeit
„Ist abgelaufen, — stoßt mich nieder!"

Da schaut in tiefer Ueberlegung
Garcia, zögernd, halb besiegt,
Auf seinen Wirth; doch bald verfliegt
Die zarte, ungewohnte Regung,
Das Mitleid ist wie weggeblasen —
„Bah!" denkt er, „lauter glatte Phrasen,
„Entschuldigungen, faule, hohle,
„An mir verschwendet, armer Tropf!"
Reißt aus dem Gürtel die Pistole,
Jagt ihm die Kugel durch den Kopf,
Die lange schon für ihn gegossen —
Und Frauenstimmen hört er schrein,
Weib, Tochter stürzen rasch herein;
Doch er, von Pulverdampf umflossen,
In voller Mannesmajestät
Ruft ihnen zu: „Ihr kommt zu spät,

„Es war in Jenes Rath beschlossen,
„Der mich zum Richter eingesetzt; —
„Laß deine Donner niederbrausen,
„O Herr, ich bin gerächt! — Und jetzt
„Betrachtet ihn mit Stolz und Grausen,
„Den allerletzten von den Sieben;
„Dann, euch begrüßend, meine Lieben,
„Darf ich getrost die Hände falten —
„Ich habe treulich Wort gehalten:
„Ich bringe dir ein Prachtgeschmeide,
„O Weib, zu deinem Trauerkleide;
„Sieh her, vollendet ist es schier,
„Und deiner würdig, wenn ich hier
„Ein letztes Ohr herunterschneide."

XIII.

Gebet.

———

Nun ist es Nacht — und kommt das Morgenroth,
Dann wird Bedrängniß an mein Fenster pochen,
Wie sie noch nie so grausam mich bedroht;
Allmächt'ger, der du meinen Stolz gebrochen,
Errette mich aus dieser Todesnoth!
Laß der Verleumbung Gift mich nicht erreichen,
Ich weiß nicht mehr, wo aus noch ein —
Laß Sorgen meine Haare bleichen,
Doch laß mein Herz nicht trostlos sein.

Wenn du zu neuen Schmerzen mich erkoren,
Zu meinem Heile mich erniedrigt hast,
Nur jetzt sei gnädig, mehre nicht die Last,
Noch eine Prüfung, und ich bin verloren —
Ich kann, wenn tausend Pfeile mich durchbohren
Genesen, doch ich brauche kurze Rast;
O süße Ruhe, wie verlang' ich dein!
Was du gefügt, Allweiser, das geschehe,
Nur gönne mir die Frist, um die ich flehe,
Laß mich noch einmal glücklich sein.

Das Kreuz des Südens leuchtet überm Meer,
Fern in der Heimat schlummern, die mich lieben,
Ihr Herz ist mir geblieben,
Und ihr Gebet ist meine beste Wehr.
Willst du es nicht erhören?
Soll mein Verderben auch das ihre sein?
O laß die Unschuld den Orkan beschwören,
Allgüt'ger, — ich vermag es nicht allein.

XIV.

Strophen.

(Nach Tennyson.)

———

Komm nicht, wenn ich gestorben bin,
Mein Grab mit närr'schen Thränen zu benetzen,
Den Fuß auf mein vermodernd Haupt zu setzen,
Laß meinen Staub in Frieden — hin ist hin.
Des Windes Seufzer und der Krähe Schrei
Sind mir genug — geh du vorbei!

Kind, war's dein Irrthum oder deine Schuld,
Was kümmert's mich? Das Unglück ist geschehn,
Erfreue wen du magst mit deiner Huld,
Ich will zur Ruhe gehn.
Thu' was dein töricht Herz begehrt, nur laß
Des Grabes Stille mir — und geh fürbaß!

———

XV.

Marilia de Dirceo. *)

(Nach Thomas Antonio Gonzaga.)

———

Ich bin kein obdachloser Hirtenknabe
Von rauhen Worten und von groben Sitten,
Marilia, ohne Herd und andre Habe,
Der heute Hitze, gestern Frost erlitten;
Nein, ich besitze selber Haus und Weide,
Und ziehe mir Gemüse, Oel und Wein;
Ich hüte Schafe, doch die Milch ist mein;
Die Wolle auch, mit der ich mich bekleide.

———

*) Brasilianisches Idyll aus dem vorigen Jahrhundert. — Obige
Uebersetzung bildet den Anfang des in Brasilien und Portugal sehr
geschätzten Gedichts. — Gonzaga, einer der Urheber der Minas=
verschwörung, wurde im Jahre 1792 von Rio de Janeiro nach Mo=
çambique deportirt, und starb daselbst 1809.

Mein Antlitz sah ich jüngst in einer Quelle,
Und brauchte nicht vor Runzeln zu erschrecken;
Kommt einer mir zu nahe — auf der Stelle
Bedien' ich ihn mit meinem langen Stecken.
Gut bin ich auf der Flöte unterrichtet,
Zu meines eignen Meisters Neid und Grimm;
Auch sing' ich — meine Stimme ist nicht schlimm —
Nur solche Lieder, die ich selbst gedichtet.

Doch bin ich deshalb glücklich? — Gott behüte!
Jetzt mußt du das Geständniß mir verzeihen:
O süße Schäferin, nur deine Güte
Kann meinen Schätzen wahren Werth verleihen;
Nimm alles, alles hin, Marilia, throne
Als Herrin über Heerden, Haus und Land;
Schön ist der Reichthum, — doch für deine Hand
Gäb' ich mit Freuden eines Königs Krone.

Aus deinen Augen strahlt des Himmels Wonne,
Wie frisch gefallner Schnee sind deine Wangen,
Die in der vollen Glut der Mittagssonne
Wie junger Mohn, wie zarte Rosen prangen;
Die Locken wie gedreht aus feinstem Golde,
Balsamisch duftet deine Nähe, — nie
Marilia, rief des Dichters Phantasie
Ein Bild hervor wie deins, du Einzigholde.

Wenn auch der Fluß aus seinem Bette träte,
Daß meine wohlbestellte Saat verdürbe;
Wenn sich die Pest bei mir zu Gaste bäte,
Daß mir ein Schäfchen nach dem andern stürbe —
Das würde jetzt mir wenig Sorgen machen.
Und blendet mich der Glanz der Städte? — Nein!
Marilia, reich und glücklich werd' ich sein,
Wenn deine Augen mir entgegenlachen.

Wie wird fortan, am Arme deines Gatten,
Der Wälder Einsamkeit dein Herz erquicken;
Zur Mittagsstunde mußt du mir gestatten
In deinem Schoose leise einzunicken. —
An Lustbarkeiten, die ich gern versäume,
Ergötze sich der Nachbarn wilde Schar —
Ich flechte Blümchen in dein blondes Haar,
Und schneide deinen Namen in die Bäume.

Wenn einst erlöschen unsers Lebens Flammen,
Hier, oder wo wir sonst uns niederließen,
Wir bleiben doch, wir bleiben doch beisammen,
Ein gleiches, gleiches Grab wird uns umschließen;
Ein Monument, umgrünt von Trauerweiden,
Dem Hirtenvolke sichtbar, trage dann
Den kurzen Text: „Wahrhaft beglücken kann
„Die Liebe nur — das wußten diese beiden."

XVI.

Aus Peru.

——

1.

Ein Indianer kam herangeritten
Und fragte zögernd: „Find' ich dich allein,
„Darf ich mein Väterchen um etwas bitten?" —
„Frisch von der Leber weg, was soll es sein?
„Mach' dir's behaglich, Freund, du bist willkommen,
„Die Thür ist offen, diese Hütte dein." —
Er aber sagte, wie von Angst beklommen:
„Der Hammer, den du übers Meer gebracht,
„Der würde heute mir vortrefflich frommen;
„Leih' mir ihn, Väterchen, für diese Nacht."
Und als er das Gewünschte kaum empfangen,
Da hat er dankend sich davongemacht,
Daß mich des Mannes sonderbar Verlangen,
Daß mich des Nachbars Eile schier verdroß,
Doch, als die nächste Sonne aufgegangen,
Hielt er vor meinem Fenster hoch zu Roß;

Und wieder trat ich freundlich ihm entgegen,
Als plötzlich mir ein Blitz die Augen schloß.
Ich sprach: „Ich forsche nicht nach deinen Wegen,
„Nur hast du gar zu frühe mich geweckt",
Und nahm den Hammer, um ihn wegzulegen;
„Mich hat gewiß der Sonne Glanz geneckt,
„Nein! — Seh' ich recht? — Was eben mich ge=
                          blendet,
„Ist blankes Silber, das den Stahl bedeckt.
„Herein, mein Sohn, das Blatt hat sich gewendet,
„Erzähle rasch von deinen Abenteuern,
„Mein guter Engel hat dich hergesendet."
Ich mußte meine Bitte oft erneuern,
Obgleich ich schöne Worte nicht gespart,
Den Nachbar zum Geständniß anzufeuern;
Doch endlich, schlicht und ernst, nach seiner Art,
Erwidert er: „Wohlan, ich will dir's sagen,
„In deinem Busen ist es treu bewahrt;
„Ein Stückchen Silber hab' ich heimgetragen,
„Nachdem ich's im Gebirge letzte Nacht
„Mit deinem Hammer mir herausgeschlagen;
„O, Väterchen, ich that es mit Bedacht,
„Kein voller Kessel dampft auf meinem Herde,
„Ich ritt hinüber nach dem reichen Schacht,
„Damit mein armes Weib gesättigt werde;
„Ich weiß ja, wo die Silberstufen liegen,

„Dem Blick verborgen durch ein bißchen Erde." —

„Wie! eine Mine, greifbar und gebiegen,

„Hast du entdeckt, von der nur wen'ge Meilen

„Uns trennen, Freund, und mir den Fund ver=
    schwiegen?

„Laß uns sogleich an Ort und Stelle eilen.

„Du bist ein Sonntagskind, zum Glück geboren;

„Zu Pferde denn, daß wir zusammen theilen;

„Dein soll die Hälfte sein, das sei geschworen;

„Der Tag ist lang, und wir, wir reiten scharf;

„Fort, an die Arbeit — keine Zeit verloren!"

Und als ich so mit Worten um mich warf,

Da hub er ruhig an: „Du wirst mich schelten,

„Doch sage selbst, ob es geschehen darf?

„Ich möchte den Gefallen dir vergelten

„Und dich an die geheime Grube führen,

„Zwar geh ich ungern hin, und selten — selten,

„Doch stets allein, das Silber zu berühren;

„Der Himmel will es so, wenn ich's vergäße,

„Ich würde seine Rache bald verspüren,

„Daß Feuer mir die Eingeweide fräße

„Und jede Nacht — ich denk' es mit Erbeben —

„Ein Teufel auf der wunden Gurgel säße;

„Denn wisse, was die Götter uns gegeben,

„Was unsre Väter treulich hinterlassen,

„Trotz Todesmartern, hilft uns nur zu leben,

„Wir sollen's nicht mit gier'gen Händen fassen,
„Und schöpfen nur, wenn wir mit Sorgen ringen,
„Aus einem Erbe, das wir nie verprassen." —
„O", rief ich aus, „wer spricht von solchen Dingen?
„Ich dränge nicht, ich rathe nicht zum Raube,
„Und keinen will ich um das Seine bringen;
„Beredt ist deine Zunge, doch erlaube:
„Erbärmlich scheint mir der Gedanken Flug,
„Und was du fürchtest — welcher Aberglaube!
„Sich arm zu stellen, früher war es klug;
„Jetzt aber leben wir in andern Zeiten,
„Und nicht verhungern, das ist nicht genug.
„Du wardst als Christ getauft, kannst du's bestreiten?
„Die Götter deiner Väter sind gestürzt,
„Wir müssen handeln, müssen vorwärts schreiten
„Und alles kennen, was das Dasein würzt;
„Zum Segen unsrer Brüder, unsrer Kinder,
„Mein Freund, sei unser beider Weg gekürzt;
„Geld heißt die Losung — ja, du bist der Finder,
„Dein ist der Reichthum, und auch ohne mich
„Kommst du zum Ziele, doch mit mir geschwinder;
„Wenn je das Glück von unsrer Seite wich,
„Wir kaufen's wieder." — Als ich dies gesprochen,
Da sah ich, wie der Mann zur Thüre schlich,
Mit leiser Stimme, wie vom Schmerz gebrochen,
Entgegnend — und ich fühlte, o der Pein!

Jedwede Silbe mir im Hirne kochen —:
„Verzeih' mir, Väterchen, es darf nicht sein."

2.

„Es darf nicht sein." Verhängnißvolle Worte —
Da war ich mit dem krummgeschlagnen Hammer
Auf einmal von des Paradieses Pforte
Zurückgesunken in des Lebens Jammer!
„Was ich gehört, sind's alberne Geschichten?"
So sagt' ich zu mir selbst in stiller Kammer;
„War's Uebertreibung, Prahlerei? Mit nichten,
„Ich hörte Wahrheit, kenne meinen Gast,
„Und will auf keine Möglichkeit verzichten;
„Behutsam vorwärts, thöricht war die Hast,
„Mit der ich fragte; endlich werd' ich's wissen,
„Was er verbergen will — ihn drückt die Last,
„Ich aber weiche nie vor Hindernissen."
Und als ich so an dies und jenes dachte,
Da hat die Phantasie mich fortgerissen,
Daß ich die schale Gegenwart belachte,
Und mich erging in Träumen, immer wildern,
Und altes Holz zu kühner Glut entfachte;
Paris mit seinen tausend Gaukelbildern,
Des Lebens Freuden, Reichthum, Glanz und Ehre,

Gedankenblitze, Wünsche, nicht zu schildern,
Das stieg empor und trotzte jeder Lehre,
Und jeder Trübsal der Vergangenheit;
Die düstre Regel: „Kämpfe und entbehre!"
Vergessen war sie, und mein Herz befreit
Von Aengsten und von drohenden Gewittern.
„O schnöde Welt, jetzt siehst du mich bereit
„Dir Trotz zu bieten, mögen Andre zittern
„Vor jenem Götzen, den sie Mammon nennen,
„Ich schlage mich zu seinen besten Rittern.
„Am Silberharnisch könnt ihr mich erkennen,
„Reich bin ich, reich — und diese Wahrheit soll
„Als Neid fortan auf eurer Seele brennen;
„In feiles Lächeln wandle sich der Groll,
„Den kalte Lippen mir so gern gespendet,
„Wenn ich, ein Sohn der Zukunft, ahnungsvoll
„Im Jugendrausche jenen Schatz verschwendet,
„Den keiner aus dem Busen mir gegraben;
„Seht her! der Bettler hat sein Werk vollendet;
„Fliegt jetzt herbei, ihr nimmersatten Raben,
„Der Träumer kann sein Glück mit Händen greifen'
„Ihr mögt von ferne eure Blicke laben
„An Früchten, die mir in der Sonne reifen."
Stolz, wie Columbus einst am Steuer stand,
So nahm auch ich den schmalen Purpurstreifen
Am Horizonte für geschenktes Land;

Doch war die Fieberhitze bald verflogen,
Und als ich meine Ruhe wiederfand,
Da dacht' ich: „Oft genug ward ich betrogen,
„Als weiser Mann verkauf' ich nicht die Haut,
„Bevor ich sie dem Bären abgezogen,
„Erst nach dem Indianer umgeschaut,
„Der Ueberredung Pfeile abgeschossen
„Und meine Schlösser langsam aufgebaut."
Und als ich das erwogen und beschlossen,
Ist mit Besuchen mir, mit stets erneuten,
Vergebens eine lange Zeit verflossen.
Mein brauner Nachbar ließ sich nicht bedeuten,
Stumm blieb er, trotz des Diplomaten Kunst,
Daß meine Schritte mich zuletzt gereuten;
Nun schien mir das Geheimniß bloßer Dunst,
Die goldne Brücke plötzlich abgebrochen,
Und so, verzichtend auf des Schicksals Gunst,
Verlebt' ich unbefriedigt Tage, Wochen. —
Da kam der Wilde ungerufen wieder,
Ich hört' ihn einst an meine Thüre pochen, —
Nacht war's, — in Strömen fiel der Regen nieder,
Daß mir die Störung unbequem geschienen,
Und mürrisch regt' ich meine müden Glieder,
Ihm aufzuschließen. Mit verstörten Mienen,
Und trüben Blickes kaum hereingeschwankt,
Sprach er: „O möchtest du mir heute dienen!

„Mein Weib, mein armes Weib ist schwer erkrankt,
„Du rettest sie, — dort stehn so viele Flaschen, —
„Geh mit, es sei dir tausendmal gedankt."
Hier galt's, das Glück im Fluge zu erhaschen,
Nicht, weil ich andrer Leute Handwerk trieb,
Von dieser Sünde jetzt mich rein zu waschen.
Ein solcher Anlaß war mir doppelt lieb,
Und keine Facultät wird mich bestrafen,
Wenn da der Pfuscher nicht zu Hause blieb.
Wir ritten schweigsam durch die Nacht und trafen
Des Indianers Gattin in Gefahr;
Doch war sie bald getröstet eingeschlafen,
Nachdem ich, was nicht meines Amtes war,
Gethan nach bestem Wissen und Ermessen;
Am nächsten Morgen aber, sonderbar!
Ist sie genesen fast, verlangt zu essen,
Ruft uns herbei, gesprächig und vergnügt,
Und spricht: „Die Rettung werd' ich nie vergessen."
Ich stammelte: „Das hat sich so gefügt — —"
Doch sie, mich unterbrechend: „Ich gehöre
„Zu jenen nicht, die solche Rede trügt;
„Daß heute niemand meinen Willen störe, —
„Noch bin ich schwach, und soll ich ganz gesunden,
„Dann", ihres Mannes Hand ergreifend, „schwöre
„Zu handeln, wie ich es für gut befunden.
„O Freund, ich weiß es, du gehorchst nicht gerne,

„Doch sei dein langes Sträuben überwunden;

„Der mich gerettet, sieh, er kommt von ferne;

„Nun will ich, daß er dankbar von uns scheide,

„Und daß er uns zu lieben nie verlerne.

„Auch jetzt zu zaudern, thu' mir's nicht zu Leide;

„Die Silbermine liegt ihm stark im Sinne,

„Drum sattelt eure Pferde, reitet beide

„Fort ins Gebirge, daß er gleich beginne

„Zu sehn, was seine Wünsche stillen kann,

„Und bald den wohlverdienten Lohn gewinne;

„Was er mit ein'gen Maulthiertruppen dann

„Hinwegführt, um es seewärts zu geleiten,

„Wird ihm gewiß genügen, lieber Mann!

„Für uns sind solche Schätze Kleinigkeiten,

„Denn unerschöpflich ist die Grube, — Sorgen

„Wird uns der Freund, der Nachbar nicht bereiten,

„Wir bleiben frei von Noth — er ist geborgen."

Und was geschehen mußte, das geschah,

Des Gatten Antwort war: „So sei es morgen."

Es klang nicht freudig, ach, das ging mir nah;

Doch wenn ich auch mit eignem Unbehagen

Des Mannes Seelenfolter fühlte, sah,

Ich konnte meinem Glücke nicht entsagen.

———

3.

Glorreicher Tag, der mich erlösen sollte
Von all den Zweifeln, die mein Herz bedrückten,
Und neue Horizonte mir entrollte;
Gedanken, Pläne, wie sie selten glückten,
Die Sonne hat sie wieder aufgefrischt,
Als wir den blauen Bergen näher rückten.
Gefühle, rasch entstanden, rasch verwischt,
Idyllen, in des Morgens Thau entsprossen,
Hoffnung, die ewig täuscht und nie erlischt,
Vor meinen trunknen Blicken ausgegossen
Des Schöpfers Füllhorn, und auf glattem Pfade
Dem Glücke zugestürmt auf flinken Rossen —
O jener Tag! Es war zu viel der Gnade,
Ich dachte (ja, ich will auch dies gestehn):
„Daß jetzt nur kein Gewitter sich entlade!"
Denn Schlimmres, schien mir, konnte nicht geschehn;
Im Gürtel trug ich Hammer und Pistolen,
Und so war alles, alles vorgesehn.
Mein Führer hatte keinen Schatz zu holen,
Ihn trieb es nicht mit fiebrischer Gewalt,
Er that nur, was sein Weib ihm anempfohlen,
Mir treu zur Seite bleibend, ruhig, kalt,
Ein sichrer Freund, ein nüchterner Geselle;
Heiß war der Weg — doch endlich hieß es: „Halt!

„Sieh, Väterchen, nun sind wir gleich zur Stelle."
Was aber sah ich? — Eine Felsenwand,
Von deren Höhe eine muntre Quelle
Herniederglitt, um wie ein Silberband
Sich durch des Thales grünen Schmuck zu schlingen.
Wir kamen bald bis an des Bächleins Rand,
Jetzt rasch hinein, um weiter vorzubringen,
Vielleicht nur wen'ge Büchsenschüsse weiter —
O Gott, es sollte, durfte nicht gelingen! —
Ich trabte lustig fort — doch mein Begleiter?
Zusammen brach sein Pferd, das oft erprobte,
Ein Fluch — und unterm Sattel lag der Reiter.
Ha, welche Wuth in meinem Innern tobte!
Ich ritt zurück und rief: „Ein blinder Thor,
„Wer jemals deine Reiterkünste lobte!"
Der Indianer riß sein Pferd empor
Und sprach: „Ein spitzer Kiesel lag im Bache!"
Und zog ihn aus des Thieres Huf hervor.
„Verloren, armer Freund, ist deine Sache",
So fuhr er fort, „mein Fuß ist angeschwollen,
„Ich bin gelähmt, das ist des Himmels Rache;
„Hörst im Gebirge du die Donner rollen?"
Ich hörte nichts, doch unglücksel'germeise
Half hier kein Bitten mehr und auch kein Schmollen,
Wir kehrten um, mißrathen war die Reise,
Und was ich that, sie wieder anzuregen,

Vergebne Mühe! — Lüstern nach dem Preise,
Blieb ich beim Nachbar, sorgsam ihn zu pflegen;
Bald war er hergestellt, und voller Güte
Wie früher, doch vom Fleck nicht zu bewegen.
Was nützt es, daß ich über Worte brüte?
Ach, meine Stellung wurde täglich schlimmer,
Ihm stak der Aberglaube im Geblüte;
Genug, mir schwand der Hoffnung letzter Schimmer,
Auch seiner Gattin Herz ward hart wie Stein:
„Die Götter wollen's nicht", so hieß es immer,
„Verzeih' uns, Väterchen, es darf nicht sein."

XVII.
Santos Peréz.

———

1.

Seit langen und gewitterschwangern Tagen
Floh durch die Pampa hin ein Reisewagen.

Ein Gaucho, auf der Stirn das Todesmal,
Ein Häuptling saß darin, ein General,

Quiroga — von der heimatlichen Erde
Nur eines fordernd: Pferde, frische Pferde.

„Ha, ein Gespann!" — das war sein steter Ruf —
„Mein Schicksal hängt an eines Rosses Huf."

Sein blutgetränktes Banner war zerrissen,
Doch durch die Wildniß trieb ihn sein Gewissen.

Er mußte sterben — und umsonst gewarnt
Kam er von Córdova, verfolgt, umgarnt.

„Fort, fort!" — Ein Dämon spornte seine Flanken,
Nach Buenos-Ayres flogen die Gedanken

Dem Feinde zu, den die Geschichte kennt *) —
Santos Peréz war dessen Instrument.

Ein Sohn der Pampa, grimmig, racheschnaubend
Dabei an eine hohe Sendung glaubend.

Durchtobt von zügelloser Leidenschaft,
Und doch — ein junger Baum voll Lebenssaft.

Beritten hält er dort mit Kameraden
Im Busche, die Pistolen scharf geladen.

Quiroga naht — Galop und Peitschenknall
Verkünden ihn. — Vorwärts! — Ein Schuß — ein
Fall — —

Durchs Auge ist die Kugel ihm geflogen,
Die schwarze That, der grause Mord vollzogen.

„Jetzt", ruft Peréz, „das andre abgethan;
„Begleiter, Diener — alle müssen dran;

---

*) Juan Manuel de Rosas.

„Die Messer her, die Hälse abgeschnitten!"
Da kommt er auf den einen losgeschritten

.

Und fragt: „Wer ist der kleine Postillon
„Dort auf dem Schimmel?" — „Meiner Schwester
Sohn",

Antwortet jener; „o es wäre schade
„Für diesen Jungen; Gnade, Señor, Gnade —"

„Was Gnade!" rast der Mörder: „er wie du!" —
Blut fordert Blut. Ein Fluch — dann stößt er zu;

Und von dem Leichnam wieder aufgesprungen,
Faßt er am Fuß den armen Gauchojungen.

Ein Knabe ist's — acht Jahre oder zehn —,
Die Mutter hat ihn ungern ziehen sehn.

Er aber, um den Onkel zu begleiten,
Um einmal recht nach Herzenslust zu reiten,

Bat lange, lange — und sie ließ ihn ziehn;
Jetzt ist's zu spät, zu ihr zurückzufliehn.

Wol greift er krampfhaft in des Schimmels Mähne,
Umsonst — zu Boden reißt ihn die Hyäne.

Er fällt — des Henkers Messer ist gezückt
Und auf des Kindes Brust sein Knie gedrückt.

Der Knabe windet sich in Todesschrecken;
Die Thränen, ach, die sein Gesicht bedecken,

Der Schweiß, der seine blonden Locken näßt,
Die Angst, die keine Worte finden läßt,

Des Kindes Wimmern, seiner Schwäche Zeichen —
Nichts kann des Ungeheuers Herz erweichen,

In seine Seele fällt kein Sonnenstrahl —
Und in die Gurgel bohrt er ihm den Stahl.

Er läßt die Leiche unbegraben liegen,
Und sprengt davon — die Todten sind verschwiegen

———————

2.

Die Todten schweigen; — doch die innre Qual,
Die Selbstanklage hat dich heimgesucht,
Santos Peréz, — und dich verflucht, verflucht; — —
Man lügt nicht vor dem eignen Tribunal,
Man lacht nicht über seiner Ehre Fetzen,
Was du gethan, erfüllt dich mit Entsetzen,
Du hörst das Flehn der armen Creatur — —
O Held der Wüste! — Kinder zu entleiben
Das eines Mannes Pflicht? — Gefürchtet bleiben
Mag deine starke Faust — die grause Spur,
Das warme Blut ist nicht mehr wegzureiben.

Das Schicksal gab dich der Verfolgung preis,
Du flohst durchs Land wie ein gehetztes Wild,
Ach, vor den Augen stets dasselbe Bild,
Und du, so jung an Jahren, doch ein Greis,
Gebeugt, verzehrt von unheilbarem Kummer,
Angstvollen Tagen, Nächten ohne Schlummer,
Und im Gehirn die namenlose Glut!
Der Menschen Strafgericht ist ein gelindes;
Doch bei dem leisen Gruß des Abendwindes,
Im Sonnenschein, wie durch des Sturmes Wuth —
Du hörtest stets das Weinen jenes Kindes.

Dranmor.   7

Nach langen Monden fanden sie dich dort
Im Hochgebirge, — schleppten dich herab, — —
Und Buenos-Ayres brach den Richterstab;
Sein Anathem, war das ein Schreckenswort?
Nein! Denn vergiftet war dein Lebensbecher,
Du starbst nicht wie ein zitternder Verbrecher,
Als Triumphator stiegst du aufs Schaffot,
Und blicktest auf das Volk, das rohe, feile,
Und botest stolz dein Haupt dem Richterbeile,
Denn eine Stimme rief: „Ich bitte Gott,
„Daß er auch deine Wunden wieder heile."

XVIII.

Von der See.

———

„Spurlos ist der Ocean,
Ueberall und nirgends Bahn;
Kalt schlägt die Welle, kalt und leer
Ans volle, warme Herz heran;
Wohin du lugst — ein Strich, — nicht mehr, —
Kalt, mein Junge, ist der Ocean!
Einsam ist die See.“

Scherenberg.

1.

Mancher, der die See gepriesen,
Sah sie nur vom sichern Strand;
Nichts als seinen Unverstand
Hat ein solcher Mann bewiesen.
Freilich gab es jederzeit
Leute, die sich selbst betrogen,
Doch beherrscht von Wind und Wogen,
Glaubt man an die Wirklichkeit.

7*

Wer da schwärmt für weite Reisen
Komme auf die salz'ge Flut,
Zeige seinen Seemannsmuth,
Sehe selbst, ob sie zu preisen,
Die sich wie geschmolznes Blei
Gegen unsrer Barke Flanken
Jetzt empört — verdammtes Schwanken —,
Ob die See zu loben sei.

Jedem Schiff, bei solchem Drängen,
Geht zuletzt der Athem aus,
Heute läßt die Fledermaus
Kraftlos ihre Flügel hängen;
Täglich Aerger und Verdruß
Und von menschlichen Gebrechen,
Von so vielem nicht zu sprechen,
Was man sonst ertragen muß.

Setzt man hungrig sich zu Tische
— Manches könnte besser sein,
Selten ist die Nahrung fein,
Noch das Fleisch von erster Frische —,
Ei, das tänzelt hin und her:
Teller, Gläser, Löffel, Messer,
Und dem unbefangnen Esser
Wird die Arbeit doppelt schwer.

Liegt man still in seiner Kammer
— Die Matratzen sind nicht weich —
Und versucht zu schlummern, gleich
Statt des Schlafs kommt neuer Jammer,
Weil auf eines Schiffes Deck
Ohne Schreien und Gepolter
Nichts gedeiht — und keine Folter
Bringt geschwinder uns vom Fleck.

Zahllos sind des Meeres Launen;
Was die Jugend nicht geglaubt,
Der Erfahrung sei's erlaubt,
Leser, dir ins Ohr zu raunen:
Nähre du am sichern Strand
Dein poetisches Entzücken,
Auf des Meeres breitem Rücken
Hat es leider nicht Bestand.

———

2.

Wenn eine Reise lange währt,
Die Passagiere mürrisch werden,
Wie da mit Worten und Geberden
So mancher aus der Rolle fährt,

Der selbstgewählten, unhaltbaren,
Sich seiner Blöße nicht mehr schämt,
Statt dem, der sich im Stillen grämt,
Die neue Prüfung zu ersparen.

Die großen Schmerzen sind verscheucht,
Nun gilt es, ruhig auszuharren
Bei kleinen Plagen: die Cigarren
Zum Beispiel werden meistens feucht,
Die derbe Kost nicht zu vergessen,
Das Rollen, der conträre Wind —
Kurz, einer Schiffskajüte sind
Die Freuden sparsam zugemessen.

Und ist vielleicht man obendrein
Genöthigt, durch Korallenriffe
Auf tiefbeladnem lecken Schiffe
Sich Nachts bei mattem Sternenschein
Und starker Strömung durchzuwinden —
Treulose See! Da mag fürwahr
An so romantischer Gesahr
Ein Andrer sein Vergnügen finden.

———

3.

Thränen, die um mich geweint,
Abschiedsschwüre lieber Kinder,
Seid ihr auch nicht ernst gemeint,
Ihr erschüttert mich nicht minder;
Denn für das, was ich vergangen,
Rächt sich meine Phantasie,
Und ein Glück, das ich empfangen
Das vergeß' ich nie.

Keuscher Lippen zarter Kuß,
Kleiner Hände freundlich Drücken,
An den schüchternsten Genuß
Denk' ich heute mit Entzücken.
Zauber einst geliebter Züge,
Einsam, rathlos wie ich bin,
Ach, für eine neue Lüge
Gäb' ich alles hin.

Wenn der Wind die Segel bläht,
Hoff' ich wieder zu erfassen,
Was ich deshalb nur verschmäht,
Und verleugnet und verlassen,

Eitle Sehnsucht zu vermehren,
Und allein in düstrer Nacht
Mich in Trauer zu verzehren,
Die ich selbst erdacht.

———————

4.

Wenn dich des Menschen Scharfsinn überlistet,
Du wilde See, schonst du der Argonauten,
Die ihrem guten Stern sich anvertrauten,
Und sich in deinem Busen eingenistet,

Sorglos, als ihre Anker sie gelichtet,
Unkundig ihrer Wege und Geschäfte?
Und schonst du solcher, deren Lebenskräfte
Verzweiflung, Krankheit, Hungersnoth vernichtet?

Für jene, die den Hafen nie erreichen,
Die du begräbst mit ihrem Todesschrecke,
Wirfst deine Thränen du zur Himmelsdecke,
Grausame? — Nein, du lächelst über Leichen.

Du spottest derer, die am Ufer weinen;
Doch gönne mir den Trost, den einzig süßen,
Dereinst die Heimat wieder zu begrüßen,
Und ewig dann zu rasten bei den Meinen!

———————

5.

Bootsmann, sagt, warum Ihr heute
Traurig seid wie nie zuvor?
Naher Hafen, frohe Leute,
Dicht vor uns liegt Sinkapor. —
Mich verwundert, Herr, die Frage,
Sind wir doch am Weihnachtstage,
Weib und Kinder habt Ihr kaum,
Wollt den Pfeffer wachsen sehen,
Könnt die Sehnsucht nicht verstehen
Nach dem lichten Tannenbaum. —

Weihnachtsfreuden hoch im Norden?
Dank für die Erinnerung;
Traurig bin auch ich geworden,
Doch mein Herz bleibt ewig jung,
Wird vielleicht — wer kann es wissen? —
Von der Heimat losgerissen,
Fern vom traulichen Kamin,
Ausgesöhnt mit seinem Loose,
Lieg' ich einst in deinem Schoose,
Inselgruppe von Bonin.

Dort, umrauscht vom grünen Meere,
Wird die Colonie gedeihn,

Wird mein Herz, das volle, leere,
Wieder hoffen und verzeihn;
Neue Wurzeln muß es schlagen
Nach versäumten Weihnachtstagen,
Doch der Alpen ew'ges Eis
Und das Fallen der Lawinen
Auf verglimmende Ruinen
Sei der Heimkehr später Preis.

6.

Engel des Lichts! Haft du es so gewollt,
Daß der Orkan uns nicht die Masten splittre,
Daß jetzt des Mondes Glanz herniederzittre,
Zum Zeichen, daß Jehovah nicht mehr grollt?
Schickst du mir solche Grüße und Symbole,
Beschirmst du unsre Flagge und Bussole,
Und trägt das Weltmeer mich zum fernsten Pole,
Engel des Lichts! Haft du es so gewollt?

Engel der Finsterniß! An deine Brust
Warf mein Verhängniß mich, mein unheilvolles;
Sagt an, ihr guten Mächte: Darf es, soll es
Verschlingen, was sich keiner Schuld bewußt?

Nein! Keiner Schuld, die nicht zu sühnen wäre,
Und doch, wo sind die Tempel und Altäre?
Engel der Finsterniß! Komm und erkläre
Des Lebens Räthsel mir an deiner Brust.

7.

Ein Lärmen über mir. — Aufs Deck gesprungen,
Kaptän, ich lag im schönsten Mittagsschlaf.
Was soll's? — Ein Schiff, ein Yankee, segelt brav,
Da dreht er bei, hurrah! das ist gelungen.

Woher, wohin? — From Canton, bound to Boston,
And you? — Von Hamburg, gehn nach Kamtschatka. —
Good Bye, a pleasant passage! hieß es da. —
All right! — Und jeder flog auf seinen Posten.

Backbord gesteuert! — Dichterherz, erwache!
Frisch bläst der Wind, die Segel sind gespannt; —
Noch eine Frage: Braucht ihr Proviant? —
Nein! — Vorwärts denn, der Rest ist Nebensache.

8.

Erscheine mir, Astarte, Engelsbild!
Du längst erhoffter, heiß ersehnter Schatten,
O komm zu deinem Gatten!
Wie diese Sommernacht, sei du mir mild!
Sag' an, warum bleibst du mir ewig ferne?

Blasse Tochter träumender Sterne,
Erscheine mir in stiller Majestät;
Ich fühle mein Ermatten,
Astarte, morgen ist's zu spät.

Komm! Wo zuerst ein Eiland sich erhebt,
Da landen wir, da laß uns Hütten baun;
Wir haben alle nicht umsonst gelebt,
Wenn wir fortan dein holdes Antlitz schaun;
Zerschmettert sei die trübe Schiffslaterne, —

Schöne Tochter flammender Sterne,
Sei du die Inselkönigin!
Ein Wink von dir, und sieh, wir sinken gerne,
Ein neues Volk, zu deinen Füßen hin.

———— — ——

9.

Hier ist der Lootse, Kapitän,
Nun mögt ihr gern der Ruhe pflegen
Und Euch auf Lorbern niederlegen,
Die wir Euch willig zugestehn;
Im Hafen schwindet Euer Zorn,
Wenn Ihr die Mannschaft ausgescholten,
So wart Ihr selbst, wenn es gegolten,
Ein Mann von echtem Schrot und Korn.

Seid Ihr nicht immer delicat,
Und mit den Damen gar zu offen,
Wir sind im Hafen eingetroffen,
Das ist das beste Resultat;
Und freuen wird mich's, Kapitän,
Wenn wir uns anderswo begegnen,
Der Herr soll Eure Fahrten segnen,
Mein alter Freund — auf Wiedersehn!

XIX.

Waldleben.

———

Spätherbst. — Wir schritten müde durch den Wald
Zur Dämmrungszeit. Das Pulver war verschossen,
Da sprach ich zu dem wackern Jagdgenossen:
„Freund, laß uns hier ein Weilchen ruhn" — und bald
Erstarben uns die Worte auf den Lippen;
Im Busche hörten wir den Nachtwind säuseln,
Das todte Laub zu unsern Füßen kräuseln, —
Und alte Birken sahn wir, gleich Gerippen,
Im schwarzen Moorgrund, — Schatten, riesenhaft,
Umflogen uns und huschten rasch vorüber, —
Des Tages Nachglanz wurde bleicher, trüber,
Unheimlich war es in der Nachbarschaft. —
Ein sonderbares Regen in den Zweigen,
Sonst alles tiefes Schweigen. — —
Ich schlief nicht, träumte nicht; ein Schleier lag
Auf mir, doch blieb ich meiner Sinne mächtig —

Und da — in meiner Nähe — übernächtig
Erschien mir plötzlich, blendend wie der Tag,
Ein Bild, das schmerzliche Erinnrung weckte.
Du warst es, stolze Lady Margaret,
Du, deren Liebe ich umsonst erfleht,
Du, deren Sarg mit Kränzen ich bedeckte. — —
O langbeweinte, herrliche Gestalt,
Du saßest wieder auf dem weißen Pferde,
Wie einstmals — ließ der Liebe Allgewalt,
Dir keine Rast in halberstarrter Erde?
Ich sah dich auf den Hals des Zelters klopfen,
Aus deinen Augen fielen schwere Tropfen
Auf deine holde, oft geküßte Hand.
Vorbei, vorbei! — Ein Winken mit dem Tuche,
O theures Antlitz, das ich ewig suche,
Ein Blick von dir — und die Erscheinung schwand.
Und sprachlos starrend in des Waldes Düster,
Vernahm ich jetzt ein Rauschen, ein Geflüster —
Mir drang es in die Brust wie Grabeshauch;
Lebendig aber wurden Baum und Strauch,
Und warfen mir, der Geisterwelt Erwachen
Begrüßend, leise diese Worte zu:
Gestorben, ja gestorben bist auch du — —
Und in der Ferne dann ein hohles Lachen.
War's eitel Täuschung? Fragt den Dichter nicht;
An meiner Seite fand ich den Gefährten,

Den treuen Freund, den starken, vielbewährten;
Ein blasser Mondstrahl fiel auf sein Gesicht.
Erschüttert, wie ich nimmer ihn gesehn,
Doch die gespannte Flinte unterm Arme,
Ergriff er meine Hand, die fieberwarme,
Und sagte: „Freund, wir müssen wieder gehn."

———————

XX.

Don Juan.

———

Einer albernen Fabel
Opferte dich, den Helden
Spanischer Minne,
Deutsche Klatschbaserei;
„Tausendunddrei",
Sagen die Frommen achselzuckend,
Und seit Jahrhunderten
Spukst du in engen Gemüthern
Als zierlich geputztes Monstrum,
Das mit blutbefleckten Lippen
Armen Tauben Liebe heuchelt.

Schönheit, Weiblichkeit,
Knospende Frauenanmuth
Oder reiferer Formen
Blendende Reizesfülle
Herrschten über dein ganzes Sein.

Ja, mit gewaltigen Zügen
Schöpftest du aus dem Borne
Unaussprechlicher Wonnen;
Doch nicht Sinnestaumel,
Lebensdurst, siedende Sehnsucht
Zeigten dir jene Gefilde,
Wo sich an hängende Himmelsgärten
Irdische Liebe klammern möchte;
Unter säuselnden Palmen
Wolltest du, Staubgeborner,
Lächelnde Engel umschlingend,
In der Wollust verathmenden Ohnmacht
Mit offnen Augen träumen,
Um deiner Seele Einsamkeit
Mit immer neuen Gefühlen,
Und die angestammte Trauer
Mit Dithyramben zu täuschen.

Fröhlich, zufrieden sein,
Ist das Selbsterkenntniß
Oder thierische Stumpfheit?
Ist es Selbstvergessen
Oder Geistesarmuth?
Kanntest du der Beschränkung,
Der Gewohnheit schüchterne Freuden?
Ewig wechselnde Bilder,

Ob theure Erinnrung
Oder des schaffenden Genius
Nimmermüde Gestaltungskraft
Aus dem Nichts sie riefen,
Ließen nie dein Blut erkalten
In behaglicher Sonntagsruhe;
Und berauscht von dem Gifte,
Das in schmeichelnden Liebespsalmen
Deinen Lippen entströmte,
Konnte von Eva's Töchtern
Keine dem Zauber entrinnen.

Schale, dürftige Welt,
Wäre sie nicht erleuchtet
Durch holder Frauenaugen
Zündende Strahlen!
Lieben, Geliebtsein!
Unvollkommnes, kurzes,
Süßes, schmerzenvolles,
Unermeßliches Glück!

Ritterlicher Glanz,
Stolze Geburt und voller Beutel
Waren deines Strebens
Treffliche Stützen;
Nicht mit Harpagon's Blicken

Haſt du Schätze bewacht,
Die dir eitel ſchienen,
Hätten nicht ſchöne Kinder
Sich an goldnen Gaben ergötzt,
Und mit deiner Großmuth
Blitzenden Zeichen prangend,
Dich, den Sieger, lachend umarmt,
Oder dir, tief erröthend,
Ihren Dank geſtammelt.

Nicht mit eiſernen Fingern
Haſt du Herzen gebrochen,
Nicht mit kaltem Hohne
Thaubeſchwerte Blüten geknickt;
Auch du, Himmelsſtürmer,
Weinteſt manche Abſchiedsthräne;
Doch aus verglimmender Aſche
Wuchſen lodernde Flammen,
Lenze wurden zu Sommern,
Und in verſengender Mittagsglut
Lockten ſchwellende Früchte
Mit, entzückendem Dufte
Und mit neuem Farbenſchimmer.

Nie war Plato's fröſtelnde Lehre
Dein freies Glaubensbekenntniß,

Doch in des Jünglings Busen
Weckte keusche Zärtlichkeit
Erhabene, starke Gedanken,
Und als deine Philosophie
Raschem Genusse Weihrauch streute,
Suchte auch dann im Erdenschlamme
Deine unsterbliche Seele
Göttliche Schöpfungsfreuden.

Fandest du, was du suchtest?
Träufelte himmlischer Balsam
Auf das heftig klopfende Herz,
Neuerstandner Prometheus,
Daß du des Glückes Vollendung
Einmal kennen durftest?
Nein, du kanntest keine Vollendung;
Doch ob Weiber dich liebend umfaßten,
Oder ob du verzweiflungsvoll
Edeln Marmor beleben,
Schlummernde Triebe wecken wolltest:
Schönheit und Weiblichkeit
Blieben dein unvollkommner
Letzter und einzigster Trost,
Und kein Triumph des Geistes
Schien dir größer, gnadenreicher
Als der bald aus verschämten,

Bald aus schmachtenden Blicken
Dir, dem Schwärmer, entgegenstrahlte.

Fliegende Pulse — frühes Siechthum!
Durch der Liebe feurigste Küsse
Wehen leise Grabesschauer;
Liebeskrank und todesmuthig
Riefst du selbst in wilder Laune
Dein Verhängniß in die Schranken,
Don Juan, heißbeweinter,
Und verhauchtest dein verwirktes Dasein
Ohne Hoffnung und ohne Reue.

XXI.

Strophen.

———

Trauernde Wolken über dem Walde,
Graue Nebel auf dem See,
Sorglos an der grünen Halde
Weiden Lämmer, weiß wie Schnee;
Doch die blasse, kleine Dame
Auf des Schlosses Söller dort
Trauert — und in tiefem Grame
Seufzt sie: „Freund, wie lange bleibst du fort?"

Drohende Wolken, zieht von hinnen!
Schwarze Nebel, habt Geduld!
Wenn der Liebe Thränen rinnen,
Sei der Himmel voller Huld;
Ach, die blasse, kleine Dame
Seufzt um ihr bedrohtes Glück,
Und sie spricht in tiefem Grame:
„Mein Gebieter, kehre bald zurück!"

Weinende Wolken, ohne Gnade
Seid ihr für die Späherin,
Doch, gepeitscht vom Regenbade
Eilt ein Reiter zu ihr hin,
Und, erlöst von allem Grame,
Drückt mit neuer Lebenslust
Seine Hand die kleine Dame
Weinend auf die kranke, kranke Brust.

———————

XXII.

Idylle.

(Frei nach Aug. Barbier.)

———

Plätschernd, über moosbedeckte Steine
Kommt die Quelle in kryftallner Reine
Einem kühlen Becken zugehüpft;
Wo im Schilfe die Platanen flüftern,
Ift ein Mädchen, nach dem Bade lüftern,
Ihrem leichten Morgenkleid entschlüpft,

Spiegelt in der Flut die nackten Glieder,
Schreitet langsam vorwärts, buckt sich nieder,
Horcht, und flüchtet rasch ins hohe Rohr —
Will, Verschämte, schon Gefahr sich zeigen?
Muntre Sänger jubeln auf den Zweigen,
Goldne Käfer summen dir ums Ohr.

Doch des Kindes Furcht ist schon vergangen,
Sechzehn Lenze zählt sie, unbefangen
Ift ihr Herz, kein eitler Schwätzer pries
Ihrer Augen Schmelz — er müßte warten,
Wenn er's thäte, denn der Mutter Garten
Ift ihr Königreich, ihr Paradies.

Und sie labt sich an des Wassers Frische,
Spielend wagen sich die kleinen Fische
Jetzt heran, und mit den Händchen schlägt
Sie die Flut, die gleich in farb'ge Kreise
Sich zertheilen muß, und leise, leise
Ihr Gemurmel ans Gestade trägt.

Schwalben sucht sie schäkernd zu ergreifen,
Die an ihrer Stirn vorüberstreifen,
Auch gefangen dürften sie entfliehn;
Ameischen, die schlechten Schwimmerinnen,
Läßt sie gern den Rasensaum gewinnen
Und in Gottes Namen fürder ziehn.

Rosenblätter werden dann mit Lachen
Hingestreut, sie sendet duft'ge Nachen
Auf die hohe See, und bläst sie fort.
Hui, es stürmt! Die Schiffe wehn zur Küste,
Wen'ge retten sich an ihre Brüste
Wie in einen stillen, kleinen Port.

Doch genug gescherzt. Mit ernster Miene
Folgt sie jetzt dem Fleiß der klugen Biene,
Deren Köpfchen in der Sonne glimmt,
Bis das Thierchen des Gehölzes Stille
Zueilt, und das Zirpen einer Grille
Seine Morgenlieder überstimmt.

Wie, nun ist sie gar im warmen Sande.
Eingeschlummert? An des Beckens Rande
Ruht ihr Haupt, von Locken halb bedeckt,
Die noch immer tief ins Wasser reichen;
Einem Schwane ist sie zu vergleichen,
Der den Kopf in sein Gefieder steckt.

Sie erwacht. Ein Rascheln und ein Rauschen —
War's ein Menschenfuß? O banges Lauschen!
Droht Verrath, Gespötte, Mädchenraub?
Wie die Frucht des welschen Maulbeerbaumes
Wird sie roth, und in des Wellenschaumes
Kräuseln zittert sie wie Espenlaub.

Endlich streicht sie ihre blonden Locken
Von den Augen, immer noch erschrocken,
Und den Feind erspähend lacht sie schon.
Wer die Neckerei ihr nicht ersparte,
Nur ein Geisbock ist's mit langem Barte,
Glotzt sie an — haha! — und läuft davon.

XXIII.

Febre amarella

—

Rein die Luft, der Himmel klar und eben,
Nur daß über jener Berge Kranz
In der Abendsonne mattem Glanz
Weiße Wolken langsam sich erheben;
Unter mir die Schlucht,
Palmengruppen, schwellende Bananen,
Steingerölle, Häuser mit Altanen,
Und die vielbesungne Inselbucht. —

Rio de Janeiro! In der frühen
Dämmrungsstunde ruhst du, schon besiegt,
Um die Hügelkette hingeschmiegt,
Sterbend nach des Tages heißen Mühen;
Bis der Morgen graut,
Bis die Hähne von den Dächern krähen,
Wird der Tod die Opfer auserspähen,
Die das Loos ihm heute angetraut.

O des Schattens auf dem Zauberbilde! —
Dunkle Färbung liegt auf Wald und Flur,
Kräftig weht der Odem der Natur
Durch der Tropen blühende Gefilde;
Und den Herrscherstab
Führt in diesem Reiche kein Herodes,
Doch ist dies das Land des jähen Todes,
Und des Fremdlings nimmersattes Grab.

Eden, wo des Geistes Blüten sterben,
Schönes, aber unwirthbares Land,
Wildniß, von verschwenderischer Hand
Auserwählt, um elend zu verderben;
Durch die reine Luft
Zittern unsichtbare Fieberschauer,
Und der Denker schaut in tiefer Trauer,
Nieder auf die große Todtengruft.

Schleichend kam der Feind, doch immer fester,
Immer rascher, kühner ward sein Gang,
Seine Herkunft ist ein Schreckensklang,
Pest die Mutter, Cholera die Schwester;
Mitleidslos sein Blick,
Der aus schwarzen Augenhöhlen zündet,
Unerwartet, ach! und unergründet
Kam er, wie ein rächendes Geschick.

Ausgespien von Guineas Küste,
Deren arme Kinder ihr geraubt,
Ihr, die an Vergeltung nie geglaubt,
Stillt er jetzt dämonische Gelüste;
Aber selten bricht
Er mit lecker Faust des Sklaven Ketten,
Geht vorüber an der Henker Betten,
Nur die fremden Gäste schont er nicht.

Für den Frevel muß die Unschuld büßen,
Hier ist Untergang ihr sichrer Lohn,
Flehend krümmt des Nordens blonder Sohn,
Todesengel! sich zu deinen Füßen;
Doch dein Athem haucht
Trübe Wolken vor des Tages Helle,
Wenn in unsers Lebens tiefste Quelle
Ein Vergifter seine Finger taucht.

Schiffe dort! Was heimischen Gestaden
Ihr entrissen, fordern sie zurück:
Frisches Hoffen, jugendliches Glück,
Und ihr geht verwaist und grambeladen;
Welche Kunde fliegt
In die fernen, heimatlichen Gauen,
Zu den Bräuten, zu den holden Frauen,
Von der Mannschaft, die im Sterben liegt?

Muthvoll in die weite Welt gegangen,
War der Jüngling — und die erste Fahrt,
Hat ihn vor Enttäuschung nicht bewahrt,
Nicht vor hohlen Augen, fahlen Wangen,
Seit er dich erreicht,
Schlachtfeld ohne Ruhm und ohne Ehre,
Denn vor Seuchen schützt ihn keine Wehre,
Wenn das Glück von seiner Seite weicht.

Eitel war der Kampf, umsonst befeuchten
Der Verzweiflung Thränen seinen Pfühl — —
Nervenzucken nennt ihr das Gefühl,
Den Gedanken bloßes Phosphorleuchten?
Keine Ewigkeit
Wartet derer, die der Staub geboren? —
Wohl! — Doch alle Weisheit ist verloren,
Wenn die Creatur zum Himmel schreit.

Wenn kein Lichtstrahl aus den stummen Räumen
Niedergleitet in die grause Nacht. —
Fort von hier! — Hinunter in die Schlacht;
Besser das, als unter Palmen träumen.
Brüder! nicht allein
Will des Fiebers Krallen ich enteilen,
Besser ist es, euer Loos zu theilen,
Euer Grab soll auch das meine sein.

XXIV.

Eine Nachtwache.

———

„Le réel est étroit, le possible
est immense.“

Lamartine.

Durch die Wellen flog der Schooner, auf und nieder
ging der Kiel,
Frische Brise in den Segeln, vor den Augen unser
Ziel.

„Fort von den Kanonen, Jungens! — Sendet keinen
Gruß ans Land,
„Schweigend refft die Segel, schweigend werft den
Anker in den Sand.“

Drohend stiegst du aus den Wassern, von vulkan'scher
Kraft erzeugt,
Florumhüllter Fels, vor dem sich zitternd eine Welt
gebeugt.

Früher reichten deine Schatten weiter als die salz'ge
Flut,
Wenn du deine Krone tauchtest in der Abendsonne
Glut.

Wildniß, deren Trauerweiden eines Cäsar's Grab
umzäunt,
Tropenhimmel, der du huldvoll eine Marmorstirn
gebräunt;

Weil ich dieser Ankerstelle später Gast geworden
bin,
Soll auch ich mein Haupt verbergen in zerrißnem
Hermelin?

Wenn Millionen Sterne funkeln, süßer Thau her=
niedertropft,
Daß mein Herz in neuer Frische an die morschen
Rippen klopft;

Rausch der Jugend, Durst nach Thränen, der so
früh mein Haar gebleicht,
Nein, es ist nicht dein Erwachen, was mir in die·
Seele schleicht.

Dranmor.   9

Kälter ist mein Blut geworden, freier ist mein Forscher-
blick,
Seit zum Manne ich gehärtet durch ein eisernes
Geschick.

Muse, holde Himmelstochter! Freundlich hast du
mir gelacht,
Doch aus deinen Zauberhainen mußt' ich in des
Lebens Schlacht.

Du versagst dem Ungetreuen einen Druck der zarten
Hand,
Doch berührt in guten Stunden seine Schläfen dein
Gewand.

Selten naht die wahre Weihe, ungern rauscht sie
übers Meer,
Oft ein einziger Gedanke, und die Brust ist wieder
leer.

Wenn ich's heute fassen könnte, was auf einmal mich
ergreift,
Was nach sturmbewegten Jahren zum Propheten mich
gereift.

Sanct-Helena! Grünes Eiland! Dir erklinge dies
Gedicht,
Weht auch vor entweihten Gräbern meine Seemanns-
flagge nicht.

Mein sei diese Nacht, es dränge sich kein schlottern-
der Popanz
Zwischen meine matten Augen und den überird'schen
Glanz.

Sterne, seid ihr andre Welten? Nährt ihr ängstlich
eine Brut
Menschenähnlich, gottesfürchtig, heute schlecht und
morgen gut?

Hier in Finsterniß versunken, dort dem Lichte zuge-
kehrt,
Ein Geschlecht, das ewig grübelt, ewig leidet und
begehrt?

Nie den Schöpfungsdrang verleugnet, gern an Geistes-
blüten nascht,
Und mit seinen Adlersklauen nur ein ärmlich Glück
erhascht?

9*

Sterne, theilt ihr mit dem Erdball gleiche Zukunft,
gleiches Sein,
Lebenswärme, Fortschritt, Wissen, Liebeslust und
Todespein?

Seid ihr flatternde Signale, Larven, wunderbar
erhellt,
Und als stumme Satelliten einer Herrin zu=
gesellt?

Fragen, die kein Denken fördert, heil'ge Räthsel, die
sich nie
Kalter Wissenschaft entziffern — ihr gehört der
Poesie.

Freudig ahnen's ihre Priester, rufen's in des Welt=
alls Dom:
Du allein, o Mutter Erde, bist kein schlummerndes
Atom!

Laßt mir diesen Dichterglauben, gönnt mir meinen
schönen Traum;
Lichter über mir, ihr flackert an der Erde Weihnachts=
baum!

Ach, was wärst du, Sanct-Helena, meerumrauschter
Kaiserthron,
Wenn wir uns verloren wüßten in der Welten
Legion?

Doch des Schöpfers Vaterblicke haften an der Erde
Bahn,
Und das Selbstgefühl der Menschheit ist kein hoch-
muthstrunkner Wahn.

Stein im Meere, Todtenhügel! Deine Schatten reichten
weit,
Denn in deinem Schoos gebettet lag das Wunder
seiner Zeit.

Ja, er hieß der Größten einer, kühn war seines
Geistes Flug,
Als ihn noch des Glückes Göttin durch der Völker
Reihen trug,

Als er mit gezücktem Schwerte, als er mit besporn-
tem Fuß
Euch, ihr Könige Europas, dankte für den Bruders-
gruß.

Trommelſchlag und Kriegsfanfaren — das war
lieblicche Muſik
Für den Spätling des Jahrhunderts, für das Kind
der Republik.

Als von rauchenden Ruinen ihn ein gnädig Loos
getrennt,
Da umfloß die Waſſerwüſte eines Helden Po=
ſtament.

Denn der Fels, den ſeiner Feinde Argusaugen aus=
geſpäht,
War des großen Mannes würdig, der ſo bitter ihn
geſchmäht.

Und wie war es gut zu wohnen droben unterm
Palmenzelt,
Schiffe zogen ſtolz vorüber, jedes eine kleine
Welt.

Schwerbeladne Gallionen, mit der reichen Handels=
fracht
Friedenselemente bringend, Zeugen einer neuen
Macht,

Boten einer neuen Zukunft, ohne kriegerischen
Spuk,
Wo der Eintracht Banner wallen als der Völker
schönster Schmuck.

Doch in des Verbannten Busen wogte ungedämpfter
Haß,
Bei des Meeres freiem Gruße wurde nie sein Auge
naß;

Ein besiegter Gladiator, der mit offnen Wunden
prunkt,
War er noch, in seinem Wahne, aller Dinge
Mittelpunkt.

Wenn ein Hirsch in Todesnöthen durch die blut'gen
Büsche bricht,
Birgt er sich an dunkler Stelle vor des Jägers
Angesicht.

Hört er der Verfolger Schritte, fanden sie die rothe
Spur,
Wendet er den Blick gen Himmel — so gebot es
die Natur.

Wenn ein Dulder sich verblutet, wenn des Weisen
Stunde schlägt,
Wohl ihm, daß er seines Wirkens Nichtigkeit im
Herzen trägt.

War es solche Selbsterkenntniß, die auch jenes
Herz beschlich?
Frankreich war sein letzter Seufzer, — Frankreich
war sein eignes Ich.

Was die Liebe .nicht befruchtet, schwindet in der
Zeiten Lauf,
Ewig kreisen die Planeten, ewig geht die Sonne
auf.

Doch nur wen'ge Saaten reifen an dem Borne
ew'gen Lichts,
Wahre Glaubenshelden kämpfen im Bewußtsein ihres
Nichts,

Weinen diamantne Thränen, und sie geben freudig
hin,
Was in ihren Adern rieselt, jeder Tropfen ein
Rubin.

Edelsteine, einzureihen in der Menschheit Diadem,
Opfer männlicher Entsagung, selten nur und un=
bequem.

Leichter ist es, fortzuschwimmen mit dem Strom der
Gegenwart,
Leichter, menschlicher Bethörung zu bezahlen seinen
Part.

Räthselhaft des Himmels Fügung, wie sie langsam
sich erfüllt,
Licht und Schatten täglich wechselnd und die Zukunft
stets verhüllt.

In verhängnißvollen Stunden hat ein Schauspiel
sich erneut,
Das den Denker nicht befriedigt, und den Dichter
nicht erfreut.

Die, der Freiheit Fahne schwingend, an ihr eignes
Selbst geglaubt,
Haben des Tyrannen Asche, Sanct=Helena, dir
geraubt.

Ihres Willens frommer Träger war ein edler Königs=
sohn,
Und der Neffe beines Todten sitzt auf seines Baters
Thron!

. . . .

. . . .

Noch versinkt im Meeresgrunde, wer Syrenenstimmen
lauscht,
Und verloren ist der Schwimmer, bem das Glück
vorüberrauscht.

O des wandelbaren Glückes! — Umgeschlagen sei
das Blatt,
Keine Fackeln will ich schleubern in das Thal von
Josaphat.

Nicht das Jetzt gehört dem Dichter, fernen Klängen
lauscht er gern,
Durch der Zukunft Finsternisse folgt er seinem guten
Stern.

Wenn der Gegenwart Bedrängniß ihm die Phantasie erhitzt,
Tröstet ihn der Himmelsfunke, der in seinem Hirne
 blitzt.

Eines nur dem Tageshelden, den mein Lied nicht
 feiern kann:
Wenn die Sanduhr ausgelaufen, stirb als Cäsar
 und als Mann.

Stirb umringt von Feindesschaaren, nicht auf einem
 Felsenriff;
Mit dem eignen Blute zahle einen kaiserlichen
 Griff.

Stirb mit jener Soldateska, die ihr Schicksal dir
 geweiht;
Auch mit ihrem Blute sühne Thaten, die nur Gott
 verzeiht.

Sanct-Helena, Ruhestätte! Dir erklinge mein Ge-
 sang!
Frieden fordert das Jahrhundert, welches deinen
 Gast bezwang.

Tauche du die Nebelkrone in der Morgensonne
        Glut,
Denn der menschliche Gedanke zittert durch die
        salz'ge Flut.

Neues Leben strömt hernieder, neues Leben wallt
        empor,
Und gelichtet sind die Pfade zu des Tages goldnem
        Thor.

Nicht im Dom der Invaliden, nein, umrauscht vom
        Ocean
Ruf' ich: Großes ist im Werden, ruf' ich: Großes
        ist gethan!

Gläubig schau' ich zu den Sternen, und verkünde
        Gottes Wort;
Licht und Schatten mögen wechseln, doch die Erde
        schreitet fort.

Auf zerrissenen Standarten liegt des Feldherrn Lorber-
        kranz, —
Weiter schweifen meine Blicke, — dir, o Zeit, gehör'
        ich ganz.

Eisenbahnen, Telegraphen, Handelsflotten möcht'
ich baun
Und durch Riesenteleskope ferne Horizonte schaun.

Mutter Zeit, du wunderbare! Freiheit, süßes Himmels=
bild,
Eure besten Kämpen führen einen Pflug im Wappen=
schild.

Die Verheißung ist gekommen, und die Hoffnung
wieder da,
Unsre neuen Wallfahrtsorte heißen Suez, Panama.

Unsre neuen Ritter tragen in der Faust ein grünes
Reis,
Dank der Kinder und der Enkel ist des Siegers
schönster Preis.

Eine blütenvolle Zukunft, Lorbern, die kein Feld=
herr fand,
Harren deiner tapfern Söhne, o mein deutsches Vater=
land!

Nirgends grünen Paradiese; doch befreit von Hungers=
noth,
Wird ein junges Volk gedeihen in der Tropen
Morgenroth.

Reichgeborne Müßiggänger, die des Lebens wärmster
Kuß
Nicht entflammt zu kühner Sehnsucht, nicht bewahrt
vor Ueberdruß,

Ihr verlacht die heil'ge Flamme, die in meinem
Herzen brennt;
Weiber, Pferde, Histrionen — das ist alles, was
ihr kennt.

Schämt euch solcher Sklavenketten, und in jugend=
lichem Zorn
Streut in blühende Savannen eurer Väter goldnes
Korn.

Streut es aus mit beiden Händen — andre darben,
macht sie satt!
Glücklich sein ist glücklich machen, geben, was man
selbst nicht hat.

Geht und gründet Colonien! Selbstgeschlagne Wunden
heilt
Dort, wo keine Menschensatzung ängstlich Luft und
Licht vertheilt.

Und durch tausendjähr'ge Wälder dringe eurer Aexte
Schall,
Dort, wo Arbeit mehr bedeutet als des Wucherers
Metall.

Trauert ihr, weil aus Palästen die Zufriedenheit
entfloh?
Kommt, in selbsterbauten Hütten wird die Seele
wieder froh.

Auch dem Schwächling frommt die Lehre, dem ein
seichtes Lied gelang,
Mit erkünstelten Gefühlen, Mondscheinseufzern, Becher-
klang.

Dichter, gürtet eure Lenden, und vergießt den sauern
Wein,
Nur mit schöpferischen Thaten will die Zeit gefeiert
sein.

Wenn der Pflanzer seine Zither in die Hängematte
legt,
Mag der Träumer uns verkünden, was den Busen
ihm bewegt.

Und mit grünem Laube werde des Poeten Haupt
geschmückt,
Wenn er in Apollo's Hainen unbekannte Früchte
pflückt.

Ach, die Muse ringt mit Fragen, deren Lösung ich
versäumt,
Ich, der über Reime brütend von Unsterblichkeit ge-
träumt.

Manchem ist es so gegangen . . . Doch der Morgen
rückt heran,
Frischer weht's, und wieder fühl' ich deinen Herz-
schlag, Ocean.

Schon so lange, kleiner Schooner, trau' ich deinem
müden Kiel,
Meine Heimat bist du heute, und das Meer ist
mein Asyl.

Ich, geboren unter Hirten, dort, wo Milch und Honig
fließt,
Find' ich so den Preis, der würdig eine weite Laufbahn
schließt?

Nicht mehr blind von süßen Thränen, zieh' ich in die
Welt hinaus;
Schwüle, sorgenschwere Jahre trennen mich vom
Vaterhaus.

Hui, wie mir die grünen Aehren ein Gewittersturm
zerschlug,
Wenn ich meines Lenzes Früchte auf den großen
Weltmarkt trug!

Oft auch hat es troß des Sommers in den Garten
mir geschneit;
Manches reut mich, aber dennoch ist mein Herz
voll Bitterkeit.

Sterben kann ich, seit das Dasein ich erfaßt mit
ernstem Sinn;
Doch für all' die Seelenmarter war zu elend der
Gewinn.

Dranmor.   10

Könnt' ich ohne Gram und Reue, ohne Furcht und
Leidenschaft
An ein letztes Glück verschwenden meines Herzens
letzte Kraft!

Strahl der Liebe, bessrer Glaube, der du mein Geschick gelenkt,
Alles hast du mir verheißen, und wie wenig mir
geschenkt!

Nicht verschmäh' ich mehr, was früher meinem Streben
nicht genügt;
Dem Gesetz, dem allgemeinen, hab' ich endlich mich
gefügt.

„Herz, mein Herz, warum so traurig, und was
soll dein ew'ges Ach?"
Sehnst du dich nach Weib und Kindern, und nach
einem schatt'gen Dach?

Nach der Hunde freudig Bellen, wenn man Abends
heimwärts zieht,
Und von ferne durch den Nebel seinen Schornstein
rauchen sieht?

Dich ersehn' ich, Seelenruhe, suche dich vom Süd
zum Nord;
Kommst du je zu mir, dann werf' ich meine Lyrik
über Bord.

Denn nicht Selbstbetrachtung ist es, was des Mannes
Nerven stählt;
Stünden neue Pfade offen, — wohl! Ich hätte bald
gewählt.

Doch die Würfel sind gefallen, und ich kann nicht
mehr zurück,
Opfre wuchernden Gedanken nun mein eignes Lebens=
glück.

Und sie keimen unaufhaltsam, wachsen über Raum
und Zeit,
Wenn ich traurig bin in meiner grenzenlosen Ein=
samkeit.

Keine Hekatomben feiert eines Sängers Phantasie:
Menschen, Brüder, Mitarbeiter! Dieses Herz er=
schöpft ihr nie.

Und es wendet sich für immer von der leeren Felsen-
gruft,
Träumt von tausend grünen Inseln, schwimmend in
der Tropen Duft;

Träumt von deutschen Colonien, wo die deutsche
Flagge weht;
Sieht ein Reich, in dessen Grenzen nie die Sonne
untergeht.

Ja, das ist der Hauch des Frühlings, der des
Dichters Busen schwellt;
Deutschland, dir gehört die Palme! Deutschland, dir
gehört die Welt!

Fern von deinen Eichenforsten, auf den Wellen sei
ich hier
Deiner künft'gen Größe Barde, deiner Freiheit Pionnier.

Ja, der Morgen ist gekommen, wie ein flammendes
Symbol, —
Auf, ihr Schläfer, löst die Segel! — Sanct-Helena,
lebe wohl!

XXV.

Não te amo.

(Nach Almeida Garrett.)

———

Lieben kann ich dich nicht;
Liebe kommt aus dem Herzen,
In meinem — ich sag' es mit Schmerzen —
Flackern nur Todeskerzen,
Leuchtet kein himmlisches Licht.

Wünsche verzehren mein Sein;
Liebe ist kindliches Lallen,
Unschuldiges Wohlgefallen,
O, für des Sünders Krallen
Bist du zu schön und zu rein.

Liebt die verschwiegene Nacht,
Oder den Glanz der Gestirne,
Wer, tödliche Lust im Gehirne,
Für den Kuß einer Dirne
Schüchterne Minne verlacht?

Milde strahlendes Licht,
Du erfüllst mich mit Schrecken,
Ich möchte mein Antlitz bedecken;
Wünsche in mir erwecken
Kannst du — doch Liebe nicht.

XXVI.

An C. P.

———

Ein Brief, entsandt von jenen Brettern,
Wo deine Kunst mich einst entzückt?
O Freundin! Die bekannten Lettern,
Wie haben die mich neu beglückt!
Nun winken mir so süße Bilder,
Nun scheint die Zukunft wieder milder,
Und nahe die Vergangenheit;
Stern, der mich einst geblendet,
Dein Licht ist nicht verschwendet,
In dieser grünen Einsamkeit.

Da mir die Jugend täglich schwindet,
Und da mein Herz, zu spät belehrt,
Haß und Verachtung nur empfindet
Für vieles, was ich sonst geehrt,
Sind seine Seufzer schon verklungen,
Doch nur von Zärtlichkeit durchdrungen
Für dich, so wird es jederzeit
Zwar schmerzlich dich vermissen,
Doch dich zu ehren wissen
In dieser grünen Einsamkeit.

Ich weiß, du bist nicht zu bedauern
Dort in dem glanzerfüllten Saal,
Dich läßt das Schicksal nicht verbauern
In einem stillen Palmenthal;
Doch drücken dich die seidnen Kleider,
Dann gönne mir ein Häufchen Neider,
Dann denk' an mich und fliehe weit,
Und übers Weltmeer steure
Zu mir, du Holde, Theure,
In diese grüne Einsamkeit.

Will dir dereinst nicht mehr gefallen,
Was jetzt dein junges Herz erfreut,
Dann laß die Schmeichler und Vasallen
Und alles, was die Sonne scheut;
Dann laß, wohin dein Freund verschlagen,
Dich die beschwingten Füßchen tragen,
Sieh! Seine Hütte steht bereit
Für dich zu jeder Stunde,
Geliebte, komm! Gesunde
In dieser grünen Einsamkeit.

XXVII.

Reisestudie.

(Aus einem größern Cyklus.)

———

1.

Milliarden kommen und verschwinden wieder
Im großen All, nach kurzer Lebensreise,
Giganten, Zwerge, Kinder oder Greise,
Wir sind nur Einer Kette morsche Glieder.

Die Erde mäßigt nie den immergleichen,
Den steten Lauf. Wir gehen rasch zu Grunde,
Gleichgültig sieht mit jeglicher Secunde,
Die Sonne neue Wesen, neue Leichen.

Nur was bewußtlos der Natur entsprossen
Hält an der Scholle fest mit starken Ranken,
Der Menschheit wurden tödliche Gedanken
Als frühe Mahnung ins Gehirn gegossen.

Es möchte, wen zu edeln Seelenleiden
Die große Pflegemutter auserkoren,
Einst leuchtend, gleich des Himmels Meteoren,
Doch unvergänglich von der Erde scheiden.

Hier aber will er herrschen und besitzen,
Der Kunst, des Wissens letztes Wort ergründen,
Der starren Mitwelt seine Macht verkünden,
Mit kühnen Thaten oder Geistesblitzen.

Mag auch sein Blut aus tiefen Wunden fließen,
Den Sieger grüßen schmetternde Fanfaren,
Wenn endlich seinem Blick, dem festen, klaren,
Der Erde letzte Wunder sich erschließen.

Den Pflegling, der sich stolz emporgerungen,
Sie läßt ihn an den fernsten Küsten landen,
Schon ist sein Dampfroß bis zum Fuß der Anden,
Und bis zum Himalaja vorgedrungen.

Daß dort die Adler in die Lüfte rauschen,
Versprengte Heerden durch die Steppen jagen,
Und Indianer, weit ins Land verschlagen,
Entsetzt dem neuen Schrei des Fortschritts lauschen.

Daß hier die Löwen durch die Schluchten brüllen,
Die Elefanten durch die Wälder traben,
Die Tiger sich im Bambusrohr begraben,
Und so der Zeiten Machtgebot erfüllen.

Daß, wenn das Ungethüm auf sicherm Damme
Schnaubend dahinfährt, tausend Krokodille
Auf einmal in der heil'gen Ströme Stille
Sich pfeilschnell retten aus dem Uferschlamme.

Und wenn es über die granitnen Brücken
Und durch die Tunnels donnert, und der Boden
Ringsum erzittert, sich in den Pagoden -
Die Götzenbilder bis zur Erde bücken.

Bewegung, Fortschritt predigt das Jahrhundert,
Wir lachen derer, die zurückgeblieben,
Und fühlen uns gewaltsam fortgetrieben,
Und sind darob zuweilen selbst verwundert.

Wir wissen kaum, warum wir vorwärts schauen,
Erschüttert ist der schöne Christenglaube,
Doch mächtig bleibt der Drang, mit unserm Staube
Der Nachwelt neue Tempel aufzubauen.

Sie aber wird zu andern Göttern beten,
Und unsern Werken wenig Achtung zollen,
Und dem Verhängniß selber trotzen wollen
Mit neuen Helden, Denkern und Propheten.

Auch ihre Spuren wird der Wind verwehen,
Des Lichtes Quelle kann kein einz'ger finden,
Wir alle, die wir denken und empfinden,
Wir müssen unbefriedigt untergehen.

O, trotz der Dunkelheit des Todespfades
Fortdauern? — Wort des Zweifels und des Truges,
Für dort — ein Schemen des Gedankenfluges,
Für hier — ein mattrer Schlag des Zeitenrades.

Was sind der Kampf, die Wissenschaft, die Dichtung,
Wenn uns die Frist so kärglich zugemessen? —
Nichts als ein zorniges Sichselbstvergessen,
Ein Fliehen vor dem Einen Wort: Vernichtung.

2.

Die zum Triumphe sich berufen wähnen,
Und um ein modernd Kreuz sich gläubig schaaren,
Wer sind sie? Großgesäugt mit bittern Thränen,
Ein junges Volk von nur zweitausend Jahren.

Zweitausend Jahre? Und die kaum erweckte
Gemeinde will den Weltenscepter führen?
Und nach Jahrtausenden, welch neuer Sekte
Wird dann der Bildung erster Rang gebühren?

Und wollt ihr jene Zahl ums Tausendfache,
Nein, bis ins Unermeßliche vermehren,
So kann das Menschenherz, das eitle, schwache,
Sich ewiger Entsagung nicht erwehren . . . .

.   .   .   .
.   .   .   .
.   .   .   .
.   .   .   .   *)

---

*) Obige zwei Nummern mögen nur als Vorläufer einer viel=
leicht später erscheinenden Sammlung neuer Betrachtungen hier ihre
Stelle finden.

XXVIII.

Edward Gray.

(Nach Tennyson.)

———

Emma Moreland, das freundliche Kind,
Traf mich draußen und kam auf mich zu:
„Hast dein Herz verloren?" frug sie geschwind;
„Edward Gray, wann heirathest du?"

Als sie mich so zur Beichte gekriegt,
O da weinte ich bitterlich:
„Süße Emma Moreland, ewig versiegt
„Ist der Liebe Born für mich."

„Inniglich liebte mich Ellen Adair,
„Vater und Mutter wurden ihr gram, —
„Dort liegt sie begraben, — frage nicht mehr,
„Von wannen ich eben kam.

„Scheu war sie, nicht kalt, — ich wußt' es zu spät,
„Denn ich mied, ja ich mied sie lang',
„Strich durch die Meere, von Hochmuth gebläht,
„Als sie mit dem Tode rang.

„Grausame Worte, die sie gehört,
„Fallen grausam auf mich zurück;
„«Bist ein eitles Ding!» so sprach ich bethört,
„«Gar zu leicht für mein Lebensglück.»

„Dort barg ich mein Antlitz im feuchten Gras,
„Und rief: «Meine Zeit ist um,
„«Mich reut, was ich that» — und dies und das;
„Doch ihr armes Grab blieb stumm.

„Da schrieb ich auf den bemoosten Stein,
„Nun ihres Grabes schönste Zier:
„«Hier liegt Ellen Adair's Gebein,
„«Und auch Edward's Herz liegt hier.»

„Wie Vögel flattern von Baum zu Baum,
„So mag Liebe kommen und gehn,
„Süße Emma Moreland, mein einziger Traum
„Ist Ellen wiederzusehn.

„Bitterlich weinte ich über dem Stein,
„Bitterlich weinend geh ich fort,
„Dort liegt Ellen Adair's Gebein,
„Doch auch Edward's Herz liegt dort!"

XXIX.

Lise.

(1864.)

———

Was ich bin und was ich habe,
Liebste! dank ich dir allein,
Ohne dich wo würd' ich sein?
Nirgends als im kalten Grabe;
Doch du hast mich gut gepflegt,
Und in Stürmen und Gefahren
Tröstend, schon seit manchen Jahren,
Dich an meine Brust gelegt.

Bösen Kummer, schwarze Grillen,
Weggeplaudert hast du sie,
Dich betrüben mocht' ich nie,
Immer that ich deinen Willen,
Denn, mein theures Sorgenkind,
In den allerschlimmsten Tagen
Eines konnt' ich immer sagen:
Diese liebt dich treu und blind.

Dranmor.   11

Und es kommt mir sehr zu statten,
Daß du keine Dame bist
Voller Trug und Hinterlist,
Keiner Schwiegermutter Schatten,
Keine Puppe, steif und stolz,
Gleich verwundert und betroffen,
Angethan mit schweren Stoffen,
Und darunter leichtes Holz.

Nein! Von wohlgerathnem Gusse
Bist du, fein und zierlich zwar,
Wie ich's liebe, ganz und gar,
Aber von des Unglücks Kusse
Blieben deine Lippen bleich;
Deßhalb nenn' ich dich die Meine,
Und dein Herz, du arme Kleine,
Macht mich unermeßlich reich.

Zitternd kamst du hergeflogen,
Und der Klausner hielt dich fest,
Seines Strebens ganzen Rest
Hat dein Lächeln aufgewogen;
Ja, du bist sein letztes Glück —
Alle Dichter schwärmen gerne,
Aber selbst aus weiter Ferne
Kehrt' ich stets zu dir zurück.

Hätt' ich jene Riesenfeder,
In des Aetnas Schlund getaucht,
Die ein andrer abgebraucht,
Lesen müßte bald ein jeder,
Was ich mit gewalt'ger Hand
An die Himmelsdecke schriebe,
Der zu Ehren, die ich liebe,
Die zu trösten mich verstand.

Doch wie konnt' ich daran denken,
Ich, ein sonst vernünft'ger Mann,
Was sie gar nicht lesen kann,
Deutsche Verse ihr zu schenken?
Ach! Ich habe jederzeit
Das nur niederschreiben wollen,
Was dem Herzen mir entquollen,
Nicht der Dichtereitelkeit.

Laß denn die Poetengabe
Diesmal dir willkommen sein;
Was ich hier für dich allein
Schüchtern eingeschaltet habe,
Ist nur deshalb ein Gedicht,
Weil ich nicht genug gepriesen,
Was du Liebes mir erwiesen,
Aber das — das glaubst du nicht.

XXX.

Ein Wunsch.

———

„Wie schön, mein Freund, ist diese Abendstunde,
„O komm, und hänge keinen Grillen nach,
„Durch Feld und Garten machen wir die Runde!"
Sie faßte lächelnd seine Hand und sprach:
„Wie schön, mein Freund, ist diese Abendstunde!"

Er dachte: Was sind Stunden, Tage, Wochen?
Was hoffen wir mit jedem Athemzug?
Ein Herz, ein liebend Herz ist bald gebrochen,
Der Tod gewiß und rasch der Zeiten Flug.
Er dachte: Was sind Stunden, Tage, Wochen?

Wen trifft das Loos zuerst, wen von uns beiden?
Wann sehn wir uns zum allerletzten mal,
Wer tröstet dich in deinen Todesleiden,
Wer tröstet mich? — O Räthsel voller Qual,
Wen trifft das Loos zuerst, wen von uns beiden?

Wenn ich, Geliebte, dir die Augen schlösse,
Die treuen Augen, holde Dulderin, —
Du weißt es wohl, — mit meinen Thränen flösse
Auch jede Hoffnung, jeder Trost dahin,
Wenn ich, Geliebte, dir die Augen schlösse.

Doch bringen sie des Gatten Todtenbahre,
Daß du, mein armes, schwaches Weib, entsetzt
Dich schicken mußt in öde Wittwenjahre,
Dich schluchzend fragen mußt: Und jetzt? — Und jetzt? —
Doch bringen sie des Gatten Todtenbahre...

Nein! Gott der Gnade, laß es nicht geschehen,
Zum Himmel dringe meines Herzens Schrei:
Laß sie zuerst von meiner Seite gehen!
Doch daß sie elend und verlassen sei,
O Gott der Gnade, laß es nicht geschehen!

XXXI.

Heimweh.

———

Helvetien, grüne Schweiz! Aus deinen Gauen
Ist trotzig einst ein Knabe fortgegangen,
Als tausend Wünsche ihre Löwenklauen
Um seines Herzens weiche Rinde schlangen.

Da waren viele, ihm den Weg zu zeigen,
Die Freundschaft kam mit mancher Lebensregel;
Ihm aber hing der Himmel voller Geigen,
Und stolzen Muthes ging er unter Segel.

Das ist nun lange her. — Ich war der Knabe,
Und niemand hat in meiner Brust gelesen,
Was ich geseufzt, geweint am Wanderstabe;
„Allein! Allein! Und so will ich genesen?“

„Allein! Allein! Und das der Wildniß Segen?"
O könnte, wer mit meinem Blute schriebe,
Die Worte jenes Dichters widerlegen:
„Dem Haß entfloh ich, aber auch der Liebe."

Du, Heimat, warst es nicht, die mich verfluchte,
Helvetia, Riesin! Du verziehst dem Zwerge,
Als er die goldnen Triften wieder suchte,
Die stillen Thäler sah, die freien Berge,

Die himmelhohen, ew'gen Gletscherwände; —
Du warst es nicht, die seine Freude störte,
Als er von deiner Seeen Fruchtgelände
Den Donner ferner Katarakte hörte.

„Ja, Vögel flogen aus den offnen Bauern,
Die draußen ihre Freiheit grausam büßten",
So dacht' ich gramvoll, als die morschen Mauern
Des öden Vaterhauses mich begrüßten.

Zu früh die Regung und wie Schaum zerflossen —
Auf einmal schien mir alles wieder fremde;
Noch nicht genug gelitten und genossen,
Jetzt schon die Heimkehr — und ein Todtenhemde?

O daß ich diese Worte nie gesprochen,
Und daß ich nie den Blick gewendet hätte!
Denn jetzt ersehnt sich, einsam und gebrochen,
Der Pilger nichts als eine Ruhestätte.

Nach Frieden ringt sein Herz, das todeswunde,
Ein Bild nur taucht empor aus wirren Träumen, —
Ein Strohdach, — dort, — in einem kühlen Grunde,
Und rings umzäunt von fruchtbeladnen Bäumen.

So reicht die Bruderhand dem Reisemüden,
Daß er sich löse von dem Zauberbanne;
Er gibt ihn hin, den sonnetrunknen Süden,
Für eine einz'ge schneebehangne Tanne.

So ruft ihn wieder nach dem armen Neste,
Eh' neues Leid den Weg ihm abgeschnitten;
Mein Vaterland, du bist das schönste, beste!
O nimm mich auf — ich habe viel gelitten!

Das also ist es, was die Jahre lehren:
Dorthin, woher man kam, zurückzuwandern,
Nach eitlem Forschen plötzlich umzukehren,
Und dann als Greis zu werden wie die andern.

Tribut, den ich der Jugend Neugier zollte,
Den hat die Heimatsliebe längst verschlungen;
Wenn ich auch diese Fiber tödten wollte,
Ich hab' es nicht gekonnt — ich bin bezwungen.

Ich bin bezwungen! Und von dieser Stelle
Möcht' ich den Fuß auf alte Trümmer setzen,
Nur um des Vaterhauses heil'ge Schwelle
Mit meinen letzten Thränen zu benetzen.

Druck von F. A. Brockhaus in Leipzig.